にしの
~学内カースト最下位にして異能世界最強の少年~
NISHINO — the boy at the bottom of the school caste and also at the top of the underground
11
ぶんころり
またのんき▼
JN067266

流石は委員長だ。動きにキレがある。
松浦さんは……今後の成長に期待しよう。
関係者通行許可証
西野 五郷
TEL ○○(×××)-○○○○

臥薪嘗胆
西野マネージャーのお仕事①

「うちのアイドルにちょっかいを
出すのは止めてもらえないか？」

西野マネージャーのお仕事②

西野マネージャーのお仕事？
「アリスのお話を聞いてくれてありがとうございます。どうしてもお伝えしたいことがあるんです。」
「西野さん、アリスと――」

「何の話をしていルのでしょうか？」
「ちょ、ちょっと、盗み聞きなんて良くないわよ！」
「静かにして頂戴！」

にしの
Rose
ローズ・レープマン
SS レア
Lv:69/80
ダンス：★★★★★
ボーカル：★★★★★
見栄え：★★★★★
ファン数：★
センタースキル 不老不死
効果 ライフがゼロになっても活動可能。
特技 暗殺
効果 気に入らない相手を高確率で舞台から排除。
NISHINO —
the boy at the bottom
of the school cast
and also at
the top of the
underground

西野
～学内カースト最下位にして異能世界最強の少年～　11

ぶんころり

MF文庫J

志水（委員長）
【スリーサイズ】
80/58/81
【学内カースト】
上位
西野のクラスメイト。クラスの委員長。津沼高校二年A組。学校行事に際しては、クラスメイトを引っ張って活躍することも多く、周囲からの信頼は厚い。強い正義感の持ち主で、早合点から暴走してしまうことも度々。進路希望は進学。東京外国語大学に入学する為、英語の勉強に余念がない。
ローズ・レープマン
【スリーサイズ】
62/47/63
【学内カースト】
最上位
数ヶ月前に転校してきた美少女。ロリータ。津沼高校二年B組。不死身の肉体を持つ中堅エージェント。フランシスカと組んで仕事をこなしている。仕事のミスを助けられたことで、西野に対して興味を持つ。学校ではアイドル的な立ち位置にある。その美貌と立場を妬む一部の女子生徒からは、金髪ロリと陰口を叩かれている。
Matsuura-san
Shimizu
Takeuchi-kun
Rose
Nishino
松浦さん
無敵ver.
【スリーサイズ】
85/57/88
【学内カースト】
最底辺
西野のクラスメイト。入学以来、地味で大人しい生徒を装っていた。西野と関わり合いになったことで、卑しくも荒々しい本性がクラスメイトに暴露される。以降、友人を失い教室では孤立。フツメンと共に二年A組のカースト最下層に落ち着く。
竹内君
【学内カースト】
上位
西野のクラスメイト。イケメン。津沼高校二年A組。定期試験では常に上位をキープし、部活動ではサッカー部のエースを務める。また両親は開業医で実家はお金持ち。向かうところ敵なしの優良物件であるため、クラスの女子生徒からは、いつもキャーキャーいわれている。ローズのことを狙っている。
西野
【学内カースト】
最底辺
本作の主人公。フツメン。津沼高校二年A組。圧倒的な異能と強靭なメンタルを備えた凄腕エージェント。文化祭の準備を通じて、青春の尊さ、異性交流の大切さに気付く。素敵な彼女を作って学園生活を謳歌しようと切磋琢磨するも、顔面偏差値に見合わない言動を好む為、努力すれば努力するほど、周囲からの評価は下がっていく。
character

フランシスカ
【スリーサイズ】
91/57/89
【社会階層】
大国のエリート公務員
ローズの上司。グラマラスな金髪美女。母国の国益のため、日々世界中を忙しく飛び回っている。仕事の都合からローズと共に日本を訪れており、エージェントである西野と接触する機会を伺っている。最近、お股の臭いが気になるらしい。
Francisca
Marquis
マーキス
【社会階層】
裏社会のまとめ役
西野が贔屓にしているバーのバーテン兼マスター。表向きには飲食店を経営しつつ、一方ではエージェントたちに対する依頼の管理や、報酬の受け渡しといった庶務全般を行っている。西野とは数年来の付き合い。
太郎助
【社会階層】
勝ち組文化人
有名ロックバンドのギタリスト。大人のイケメン。怖い人たちに命を狙われていたところ、これを西野に助けられたことで、良くも悪くも感化される。誰に対しても突き放したような物言いをする一方、仲良くなると意外と面倒見がいい好青年。
Tarousuke
Gabriella
ガブリエラ
【スリーサイズ】
64/47/63
【社会階層】
XXX
フリーランスのエージェント。ロリータ。西野と同じような異能を保有しているが、力に目覚めて浅い為、その力量は今一歩。同性愛者で可愛い女の子が好き。仕事先で出会ったローズに惚れる。
リサちゃん
【スリーサイズ】
78/55/79
【学内カースト】
上位
西野のクラスメイト。津沼高校二年A組。ローズが転校してくるまでは、男子生徒から学年で一番人気があった美少女。委員長と共に同クラスの女子グループを先導する。快活な性格の持ち主。
Risa-chan

contents

Nishino

The boy at the bottom of the school caste and also at the top of the underground

口絵・本文イラスト／またのんき▼

〈前巻のあらすじ〉

学園カーストの中間層、冴《さ》えない顔の高校生・西野五郷《にしのごきょう》は界隈《かいわい》随一の能力者である。

ダンディズムを愛する彼の毎日は異能力を使ったお仕事一筋。普段は何の変哲もない公立高校に通いながら、その一方では裏社会に名を馳《は》せる優秀なエージェント。国内のみならず海を跨《また》いでも、彼の名は一目置かれていた。

しかし、その影響力も学内では響かない。依然としてカースト下層を抜け出せそうにない西野は、本人が理想とする青春を手に入れる為《ため》、放課後の学習塾で、他校の女子生徒との出会いを求め始めた。

そんな彼に訪れたのは、塾講師である澄香《すみか》ちゃんの立場を巡って発生した、ホストの雄《ゆう》也《や》君との売上勝負。これに真っ向から臨んだフツメンは、化粧で雰囲気イケメンとなり、ホストクラブでプレイヤーとして働くことになった。現場ではローズを筆頭とした知り合いの協力も手伝い、先方とはギリギリの接戦。最終的には雄也君と澄香ちゃんの間を取り持ったことで、円満な祝杯が上げられた。

他方、売上勝負の決着と時を同じくして、【ノーマル】の身の上を巡り不穏が訪れる。

西野の存在を危険視する某国の組織から、遂にフツメンの排除命令が下った。

これを撤回させる為、ローズとガブリエラ、フランシスカの三名は東奔西走。そうこうしている間にも、本人に対する襲撃は激化。遂には委員長までもが襲撃を受けて、白昼堂々、拉致されかける羽目となった。

土壇場でヤクザ者の大野《おおの》から協力を得たフツメンは、志水《しみず》の安全を確保するべく、彼女と共に都内を転々と逃避行。シェアハウスの元同居人である黒ギャルやユッキー、バイト先を共にしていた自称サバサバ系、澄香《すみか》ちゃんと雄也《ゆうや》君など、これまで学外で交友のあった皆々の協力を得て、警察やまだ見ぬ敵勢力から逃れ続ける。

学内では友達も皆無のフツメン。そんな彼に手厚い助力をみせる皆々の姿を目の当たりにして、委員長は激しくメンタルを揺さぶられた。更には化粧で雰囲気イケメンに化けていた西野《にしの》の外面に対して、一瞬でもときめいてしまう。

しかし、それでも段々と追い詰められていく二人。逃げ込んだ先は住み慣れたシェアハウス。もはやこれまでかと思われた彼らを助けたのは、クラスメイトの竹内《たけうち》君だった。彼の毒によってピンチを脱出。直後にはローズが駆けつけたことで、敵は瓦解。フランシスカの活躍も手伝い、西野の排除命令は撤回されることになった。

そうして騒動が静まりを見せた日の晩、悶々《もんもん》としてしまうのが委員長。逃避行の過程で目の当たりにした西野の姿が、頭にこびり付いて離れない。やがては宿泊先となるホテルの一室で、彼女は遂に西野のことを思い、身体《からだ》を火照らせてしまう。

〈相談〉

紆余曲折《うよきょくせつ》の末、西野の学生としての立場は守られた。

都内の至るところに見られて、彼らを執拗《しつよう》に追い回していた警察も、フランシスカの帰還と共に綺麗《きれい》サッパリ消えた。のみならずパトカーを出動させてまで、委員長や竹内君を自宅に送り届けるなど、打って変わって甲斐甲斐《かいがい》しい対応を見せた。

これに釈然としない気持ちを抱えつつ、居合わせた皆々は帰宅。

フランシスカは、後始末があるからと別行動。向こうしばらくは今回の出来事を受けて、忙しくなりそうな股臭オバサンである。けれど、本人は満更でもない表情で二人を送り出していた。彼女も何かしら得るものがあったのだろう。

そして、非日常にどっぷりと浸《つ》かっていたのも束《つか》の間《ま》のこと。

日常に戻った彼らの日々は忙《せわ》しないものだ。来年には進学や就職を控えて、時間はどれだけあっても足りない。学校指定の鞄《かばん》に教科書やノート、筆記用具を詰め込んで、通い慣れた学《まな》び舎《や》に登校する。

フツメンもこれに違《たが》わず、二年A組に向かった。

委員長に対する気後れから、早朝にも一人でホテルを出た西野は、朝のホームルーム前には教室に到着した。ホテルから学校までは、タクシーを利用するほどの執着っぷり。どんな些細《ささい》なイベントであっても、学校生活を満喫する気満々だ。

教室に足を踏み入れるや否や、フツメンの口からは朝の挨拶が放たれる。

「今朝は空がよく澄んでいた。そこに見つけた明けの明星の美しさは、これに寄り添う数多《あまた》の星々や、朝焼けの輝きに支えられてこそ映える。人は誰しも一人で生きている訳ではないと、秋の夜明けに教えられた気分だ」

昨晩、ホテルで委員長の痴態を目撃したことが、多分に影響していると思われる内容だった。カメラ越しに垣間見《かいまみ》た彼女の姿は、ほんの僅かな間の出来事ではあるが、今も彼の脳裏に鮮明な映像として残っている。

おかげで昨晩は悶々《もんもん》としてしまい、ほとんど眠れていない。

問題の光景をフランシスカの部屋で確認してから、ああだこうだとシニカルを吐き散らかしつつ、逃げるように自室に戻ったフツメン。以降、ベッドの上でゴロゴロとしているうちに、夜が明けてしまった次第である。

けれど、気分はこれ以上なく盛り上がっており、疲労感も皆無の童貞だ。

彼の頭の中では今まさに、青春が真っ盛りだった。

フツメン的に考えて、委員長は断然アリだった。

というか、むしろこうなると他には考えられない。

志水《しみず》に対する愛《いと》おしさが、抑えきれないほどに膨れ上がる。

「果たして自分は何者なのだろう。誰の目にも止まる一番星なのか、他に数多映った輝きの一つなのか、あるいは星々を迎え入れた空なのか。あれこれと考えたところで、自らの役柄を否応《いやおう》なく意識させられてしまうな」

結果的に本日の挨拶は、下の句を交えて二段構え。

終えられたかと思った口上に続きがあった。

溢《あふ》れ出した青春への思いが、西野《にしの》の口を軽くしている。

当然ながら、居合わせたクラスメイト一同は苛立《いらだ》ちも一入《ひとしお》。どれも違うに決まっているだろ、とは皆々に共通した見解である。本人としては最後に述べた、星々を迎え入れる空役を希望して止《や》まないフツメンだ。

「どう足掻《あが》いても、空に映り込んだ電信柱が精々だろ」「っていうか、なんで一番星が出てくるわけ？」「今の文脈だと、明けの明星のことでしょ。金星ってよく見えるし」「え？明けの明星って金星なの？」「前に聞いた西野の朝の挨拶、詩の大会に送ったら入選しちゃったんだけど」「ちょ、それヤバくない!?」

挨拶を終えた彼の歩みは、普段どおり教室内の自席に向かう。

段々と趣きを深くしていく朝の挨拶運動。

ヒソヒソと声こそ上がっていても、本人に対して返事はない。

ちなみに彼の二つ隣、委員長の席は空である。

竹内《たけうち》君もまだ登校していない。

これは委員長の仲良しグループの女子生徒たちも同様。

「…………」

西野《にしの》としては、委員長の仲良しグループの女子生徒が気になる。

昨日、シェアハウスであった騒動を思い起こしては、どうしたものかと頭を悩ませるフツメン。現場で出会った共連れの男性二名の存在に鑑みれば、彼女たちが志水《しみず》に対してよからぬことを考えていただろう経緯には彼も気付いた。

委員長の本音を監視カメラ越しに盗み見た西野にとって、彼女の身の回りの平穏は自らの進退にも等しい重大な懸念事項である。できることなら元の平穏を取り戻したい、とは素直な思いだ。

そのようなことを考えつつ、彼は鞄《かばん》から教科書やノートを机に移していく。

そうこうしていると、登校間もない西野の下にリサちゃんがやってきた。

彼女は自席に腰を落ち着けた彼の正面に立って、真剣な面持ちで問い掛ける。

「西野君、ちょっと話があるんだけど」

「おはよう、リサちゃん。委員長のことなら安心してくれていい」

「ほ、本当に？」

クラスメイトの前で、馴《な》れ馴《な》れしくもリサちゃん呼ばわり。

その事実が気にならないほど、リサちゃんは驚いた。

彼女が何を語るまでもなく、フツメンの口から先出しで伝えられたのは、彼女が今一番に欲していた返事だった。西野と同様、昨日は碌《ろく》に眠ることもできず、委員長の身を案じていたリサちゃんである。

「ああ、本当だ。連絡は取っていないのか？」

「だってこっちからは、電話も繋《つな》がらないんだよ？」

「今なら繋がると思う。不安なら呼び出してみるといい」

「っ……わ、分かった！」

西野に促されるがまま、懐から端末を取り出す。

大慌てで画面を弄《いじ》くり始めた。

そんな彼女をフツメンは余裕の面持ちで眺める。学内きっての美少女と対等に言葉を交わし、あまつさえ悠然と構えたフツメンの姿は、クラスメイトからすれば納得がいかない。取り分け男子からは、苛立《いらだ》ちの視線が向けられて止《や》まない。

松浦《まつうら》さんとの口喧嘩《くちげんか》を原因とする処女バレ。更には委員長に対する告白から、彼氏さえもいないことが明らかになってしまったリサちゃん。彼女の異性からの評価は、ここ最近鰻登《うなぎのぼ》りである。当然ながら男子は西野が羨ましくて仕方がない。

そうこうしていると、端末を構えた彼女に顕著な反応が見られた。

「あっ、い、委員長!?」

どうやら通話が繋《つな》がったようである。

意中の相手を呼ぶ声が教室に響いた。

委員長の声を耳にして、リサちゃんはしきりに頷《うなず》く。

「うん！　うんうん！　委員長が無事でよかったよっ！」

不安げだった表情から一変、破顔一笑。

居合わせたクラスメイトの顔にも自《おの》ずと笑顔が浮かぶ。

これを眺めたフツメンの顔にもシニカルな微笑《ほほえ》み。

フッ、みたいな吐息が自ずと聞こえてくる。

近くにいた生徒は顔を顰《しか》めた。

賑《にぎ》やかな朝の時間帯、電話越しとあって委員長の声までは聞こえてこない。それは正面に立った西野《にしの》も同様である。けれど、二人の間で円満なやり取りがなされているだろうことは、誰にも想像できた。

「それじゃあ教室で待ってるね！　あっ、先生には説明しておくよ！」

人目も多い教室という場所柄も手伝ってだろう。

リサちゃんの通話はすぐに終えられた。

端末を耳元から離した彼女は、改めて西野に向き直る。

そして、電話を掛けていた際と変わらない笑顔で言った。

「委員長、無事だって！　今日も学校に来られるって！」

「だからそう言っただろう？」

「声も元気そうだったし、よかったよ……」

端末を握りしめたまま、リサちゃんは嬉々《きき》として語る。

直後、その声色に震えが混じり始めた。

「……よかった、本当によかったよぉ」

予期せず届けられた、意中の相手の元気な声を耳にして、思わずウルッときてしまったリサちゃんだった。目元に滲《にじ》んだ涙を理解して、これをクラスメイトに見られてはなるまいと、大慌てでゴシゴシと手でこする。

自尊心が高い彼女は、人前で素直に泣いたりはしない。

けれど、それでも本日は涙腺が緩んでしまったようだ。

そうこうしていると朝のホームルームを知らせる予鈴が鳴り響く。

「リサちゃん、席に着こう。ホームルームの時間だ」

「うん……」

フツメンの言葉に頷いて、彼女は自分の席に戻っていく。

その背を眺めて、これはこれで青春っぽいと、西野は充実感を抱く。

リサちゃんの委員長に向ける思いが、本物だと理解した次第である。

他方、そうした彼を忌々しげな眼差《まなざ》しで見つめる人物がいた。

「…………」

鈴木《すずき》君だ。

普段ならガス抜きに付き合ってくれる竹内《たけうち》君も、本日はまだ登校してきていない。更には昨日から連絡がつかなくて、メッセージアプリも既読スルーどころか、未読のまま日を跨《また》いで放置されている。

どうして西野《にしの》が委員長の事情を知っているんだ、とは声にならない叫びだ。

ギュッと固く握られた拳は、怒りからプルプルと小刻みに震えていた。

ちなみに本日は、松浦《まつうら》さんも教室に姿が見られない。

どうやら一時間目から欠席のようである。

◇　◆　◇

同日の昼休み、西野は校舎の屋上に足を運んだ。

そこには彼以外に委員長と竹内君、更にはローズとガブリエラの姿がある。我先にと学校を訪れたフツメンより遅れること、午前の授業を挟んで続々と登校してきた面々が、いざ全員揃《そろ》ったのが昼休みであった。

ちなみに最後に到着したのはガブちゃんだ。

ついつい朝寝坊してしまった、最近は夜型の彼女である。

階段室に通じる鉄扉は閉じられており、屋外には彼ら以外に誰の目もない。教室を発《た》つに際しては、リサちゃんから同行を求められた。これに委員長と竹内君から、やんわりと断りを入れてまで訪れた、屋上での話し合いである。

「……という訳で、当面はホテル暮らしだそうよ」

「ああ、その点はフランシスカから聞いた」

面々の間で交わされている話題は、先日から続いた騒動について。

今回は竹内君を巻き込んでおり、西野的にも色々と思うところが多い。

この場を誰よりも望んでいたのは、他ならない彼である。

「しかしなんだ、アンタは知っていたのか？」

チラリと視線で竹内君を指し示して、西野が言った。

何を、とは言わない。

昨日には危ういところを助けられたフツメンである。フランシスカからは昨晩のうちに報告を受けていた。自宅を強襲した武装集団が予期せず倒れた理由が毒であること。それが竹内君の体液に由来すること。

そして、本人が異変に気付いたのは、つい最近であること。

これにより昨晩から、西野《にしの》たちが住まっていたシェアハウスは立入禁止。

向こうしばらくはホテル住まいが決定している。

まさか話題に上げた毒の出処《でどころ》が、ネカフェのドリンクバーとは思わない。一生懸命ジュースを飲んで、繰り返しトイレに籠っていたイケメンのおしっこだ。その事実は墓場まで持っていく心意気の竹内《たけうち》君である。

「ええ、知っていたわ。けれど、それがどうしたのかしら？」

「……フランシスカ、か」

「秘密主義の上司で悪かったわね」

竹内君が自分たちの側に片足を突っ込んでしまった事実は、西野にとって由々《ゆゆ》しき事態であった。自《おの》ずと鬱憤も口を衝《つ》いて出る。すると、彼女に代わって声を上げたのが、今まさに話題に上がった本人だ。

「西野、ローズちゃんを責めるなよ。こっちからもフランシスカさんに頼んでたんだから。下手をしたら学校に通えなくなるかもだろ？　っていうか、オマエが知ったところで、何がどうなる訳でもないじゃん」

「たしかに竹内君の言うことは尤《もっと》もだ」

西野の勿体《もったい》ぶった物言いに、苛立《いらだ》ちを堪《こら》えながらの突っ込みだ。

イケメンから窘《たしな》められて、学校大好き野郎はすぐに折れた。

相変わらずクラスメイトに対しては、やたらと物分りがいい。

そして、同時に心配性でもある。

矢継ぎ早に臭いセリフが飛び出した。

「しかし、あの女は危険だ。できれば近づかない方がいい」

「はぁ？　個人的には彼女のサポートこそ必要だと思うんだけど」

「……そうか」

学友の身を案じるフツメンに対して、イケメンは反発心がムクムクと。連日にわたるフランシスカの西野ヨイショも、竹内君の自尊心をチクチクと刺激していた。やたらと気取った言動も手伝い、気付けば反論を口にしてしまう。

そうした二人のやり取りを眺めて、竹内君に心底興味のないローズは、西野の訴えを切って捨てる。表立って非難するような真似《まね》はしないが、さっさと話題を終わらせたいと願って止《や》まない。

「彼のことは本人が決めるべきではないかしら？」

「アンタの言わんとすることも、理解できないではない」

「だったら、この話は終わりでいいじゃないの。以降は当事者同士の問題だわ。それで彼が困ったことになったのなら、そのときに改めて助けるなり、無視するなり、判断をするべきでしょう」

「竹内《たけうち》君、困ったことがあったら、何でも言って欲しい」

「いちいち畏《かしこ》まらないでくれる？　自分の尻くらい自分で拭くから」

即座、ぴしゃりと言ってのける竹内君。

なんとなく想像された二人のやり取りだ。

ローズに殺されかけた事実だけは、周囲に知られたくないイケメンである。事実、フランシスカにも伝えていない。ただし、事の顛末《てんまつ》は部下から上司に報告が行われており、彼女たちからすれば経過観察中。

西野《にしの》も竹内君の自己申告を受けて、続く言葉を収めた。

ところで、そうした会話が一ミリも頭に入ってこないほど、緊張に身を強張《こわば》らせて、同所に臨んでいる人物がいる。それこそ登校する以前から、人様に口外できない悶々《もんもん》とした気持ちを胸に抱いては、自らの気持ちに振り回されるように。

そう、委員長である。

西野の姿をすぐ傍《かたわ》らに眺めて、彼女はひたすらに意識していた。

昨晩にも夜のオカズにしてしまった相手の存在を。

「…………」

極力彼の顔を視界に収めないように、顔を背ける志水《しみず》。

それでも視界の外に相手の気配を意識して、胸がドクドクと高鳴る。フツメンがああだこうだと偉そうに講釈を垂れるたびに、ここ数ヶ月で聞き慣れた声色が全身に響いて、肌に触れられているかのような感覚を覚える。

本日に限っては、西野の物言いに二の腕をブツブツとさせる余裕もない。

そんな体たらくだからだろう、隣に立つガブリエラから突っ込みが入った。

「変な顔をしてどうしたのですか？　トイレを我慢していルのですか？」

「え？　……な、なに？」

「顔が強張っていルように見えます。我慢は身体《からだ》に良くないですよ」

自《おの》ずと居合わせた面々の意識が委員長に向けられた。

当然ながらそこには西野の姿もある。

志水の視界にも、これまで避けてきたフツメンの普通なところが収まった。予期せず声を掛けられたことも手伝い、委員長の反応は顕著なものだ。咄嗟《とっさ》に半歩を後ずさると、大仰にも両手を振って先方の言葉を否定する。

「な、なんでもないわよ!?　なんでもっ！」

「そうですか？　それにしては緊張していルように見えますが」

「してないから、うん。全然そんなことないから！」

「そうですか」

教室内でのやり取りであれば、トップカーストの彼女に対して、続く言葉があったかもしれない。それは好意からくる気遣いであったり、親しみから与えられる冗談であったり。

けれど、この場では幸いそれっきりである。

ガブリエラの意識はすぐに他所《よそ》へ移った。

それはグゥと音を立てて鳴いた、彼女のお腹《なか》の虫。

自身の腹部を眺めたところで、ガブちゃんはローズに向き直った。

「話は変わりますが、私はお腹が空《す》きました。ランチにしませんか？」

「今朝は忙しくて、お弁当を作っている暇がなかったのよねぇ」

「お弁当を作っていないお姉様に、どレだけの価値があルでしょう」

「貴方《あなた》もなかなか言うようになったわよね……」

以降、ひとしきり話を終えたところで、学食に向かうことになった。

ローズとガブリエラについては言わずもがな。竹内《たけうち》君的にも、前者と食事を共にする千載一遇の機会。こうなると委員長も断りづらい。できれば西野《にしの》やローズとは距離を取りたい彼女だが、渋々と続く羽目になった。

シニカルを装い面々に続くフツメンは、内心ガッツポーズである。

◇◆◇

放課後、西野《にしの》はホームルームを終えるや否や、一人で六本木《ろっぽんぎ》を訪れた。

足を運んだ先はマーキスの経営するバーだ。

営業も始まっていない比較的早い時間帯、店内には彼以外お客の姿は見られない。カウンターの向こう側には、開店前の仕事を終えたバーテンが立つ。その正面に腰を落ち着けて、フツメンはちびりちびりとグラスを傾けていた。

「ここのところ、アンタには助けられてばかりだな」

何気ないふうを装ってフツメンが言った。

視線は手元のグラスに向けられている。

これにマーキスはグラスを磨きながら応じた。

「なに、以前はこちらも助けてもらった」

「そうだったか？」

「ついでに言えば今回は、こちらとしても悪くない取り引きだった。一時はどうなるかと思ったが、終わりよければすべて良し、といったところだろう。まあ、向こうしばらくは穏やかに過ごしたいものだが」

「……あの女か？」

「全員が得をしたんだ、不満に思うこともないだろう」

「別に不服がある訳じゃない」

「だったら他になにかあるのか？」

「………………」

マーキスに問われて、西野はグラスを口元に運ぶ。

脳裏に思い浮かんだのはフランシスカの得意顔。

なんだかんだで丸っと世話になってしまったフツメンである。更には先月に引き続き、ローズに危ういところを救われている。そうした経緯から、彼女たち主従に対して負い目のようなものを感じている次第だった。

黙ってしまった西野を眺めて、バーテンは話題を変えるように言う。

「それとアンタからの預かり物だが、指示通り帰しておいた」

マーキスの言う預かり物とは、自称サバサバ系を筆頭として、雄也《ゆうや》君や澄香《すみか》ちゃんなど、昨日までの騒動に巻き込まれていた西野の知り合いである。事態が収拾するまで、彼の下に身を寄せていた面々だ。

これを受けてフツメンの視線が、グラスから正面に立った彼に移った。

「ああ、助かる」

「焼け出された女には適当な物件を見繕ったが……」

「送られてきた資料は確認した。そのまま手続きして欲しい」

西野《にしの》と委員長を迎え入れたことで、自宅アパートを燃やされてしまった自称サバサバ系である。その尻拭いを彼はマーキスに依頼していた。都心に設けられた築浅の分譲マンションだ。話題に上げた資料とやらによれば、駅チカの2LDK。

昨今では大手企業の管理職でも、なかなか手が届かない価格帯だ。

マーキスからは一時の住まいと伝えられているので、部屋が二つ以上ある住まいなんて初めてだよ、云々《うんぬん》、満更でもない避難生活を送っている彼女だ。そのままプレゼントされるとは夢にも思わない。

近い将来、西野の端末には五十嵐《いがらし》から、こんな高いものはもらえないだとか、部屋が広すぎて落ち着かないだとか、もしかしてエッチな仕事をしなくちゃいけないのかなだとか、色々とメッセージが舞い込むことになる。

「分かった」

「それと壊してしまった車も頼みたい」

「そっちはサービスしておこう」

「なんだ、大盤振る舞いだな？」

「言っただろう？　こちらにも儲《もう》けのある仕事だった」

口元に小さく笑みを浮かべたバーテン。

これに勝手にしろと頷《うなず》いて、西野はゴクリと喉を鳴らした。

そうこうしていると、カランコロン、店のドアに設けられた鐘が鳴った。

二人の意識が移った先には、真っ赤なスーツ姿のブロンド美女。

「待たせたわね」

「相変わらず時間にルーズな女だ」

フランシスカである。

彼女は店内に西野の姿を確認して、その傍《かたわ》らに歩み寄った。席に掛けることはせず、フツメンの隣に立ったまま並ぶ。自身の目線よりも高いところに相手の顔を眺めて、見つめられた側からは非難の声が上がった。

「注文はいいのか？」

「この後も仕事なのよね。貴方《あなた》のおかげで向こうしばらくは大忙しよ」

「そもそもはアンタの上司の不貞が原因だろう」

「こんなに愉快な仕事は久方ぶりかしらぁ」

西野の皮肉にも構った素振りなく、彼女は嬉々《きき》として語る。

その口から続けられたのは、予期せぬ感謝の言葉だった。

「貴方のおかげで、実入りの多い仕事になりそうなの」

「どこかで聞いたような台詞《せりふ》だ」

チラリとバーテンを眺めて、フツメンは語ってみせる。

委員長が目の当たりにしたのなら、背筋をブルリとさせたことは間違いないやり取りだ。本人は至って普通だと考えているからたちが悪い。同時にそうした素振りがなければ、もっと簡単に惚《ほ》れていたかもしれない志水《しみず》である。

「それで、わざわざ呼び出した理由はなんだ？」

「しばらく本国で過ごすことになりそうなのよねぇ」

「身の回りが静かになるのは大歓迎だ」

「ローズちゃんは置いていくから、面倒を見てもらえると嬉《うれ》しいわ。それともう一人の子なのだけれど、彼女もこっちに残ると思うから、何かあったら連絡をもらえないかしら？　他に頼めるような相手もいないのよ」

「それで？」

「それで以前の話、貸し借りゼロでいいわよ」

「……正気か？」

「それくらい私にとっては都合のいい仕事だったということよ」

過去に幾度となく協力を願われていた西野《にしの》としては、眉唾ものの提案だった。しかし、この手の話でフランシスカが嘘《うそ》を吐《つ》くとは思えなくて、彼としては上手《うま》い返事が浮かばない。何か企《たくら》んでいるのかと疑念を抱える羽目となる。

難しい面持ちとなった西野に、彼女からは畳み掛けるように軽口が。

「帰ってきたら、お礼に抱いてあげてもいいわよ？」

「結構だ」

「相変わらず連れないわねぇ」

大仰にも前屈《かが》みとなり、これでもかと胸を強調するフランシスカ。

上から二つ、シャツのボタンが外された胸元は谷間が丸見えだ。これを突きつけるように示して彼女は語りかける。忙しいという言葉は本当のようで、汗と香水の混ざりあった香りが、フツメンの鼻先をくすぐった。

これがまた妙に心地よく感じられるから、童貞としては如何《いかん》とも し難《がた》い。

「それとも志水ちゃんと楽しんで、もう満足しちゃったのかしら？」

「アンタ、この後も仕事があったんじゃないのか？」

付き合ってはいられないとばかり、西野はグラスを手に取った。ニヤニヤと厭《いや》らしい笑みを浮かべる相手から、顔を背けるようにして呷《あお》る。それまでちびりちびりと舐《な》めるように飲んでいたそれを、一息にゴクリと飲み干した。

まさかフランシスカからのラブコールが本物だとは思わない。

これまでも繰り返し、からかわれてきた彼である。

声を掛けた彼女にしても、頭の痛い経緯だった。

「うふふふ、前向きに検討してもらえると嬉《うれ》しいわぁ」

そして、ああだこうだと言い合っていたのも束《つか》の間《ま》のこと。

彼女は彼の前でくるりと踵《きびす》を返す。

どうやら本当に用件はそれだけであったらしい。

一方的に語ったところで、フランシスカは店から出ていく。

愉快な仕事だ何だと語っていたのは事実らしく、その足取りは西野《にしの》やマーキスから見ても軽快なものだった。カランコロン、つい今しがたにも耳にしたばかりの鐘の音が、他に音のない静かな店内に響いた。

◇◆◇

翌日、西野は普段どおり二年A組に登校した。

身の回りの騒動も一段落。その上で委員長との関係にも進展が見られそうな昨今、学校で過ごす時間は彼にとって何よりも大切なもの。しかし、慣れない仮住まいからの通学路は、事前に考慮していた以上に時間を要した。

教室へ到着する頃には、朝のホームルームが迫っていた。

クラスメイトは大半が登校している。自席で本を読んでいる生徒がいれば、仲のいい友達と談笑を交わしている生徒もいる。皆々思い思いの場所で好き勝手に過ごしており、廊下にまで響く喧騒《けんそう》は相当のもの。

これを傍《かたわ》らに朝の挨拶運動をこなしつつ、足早に自席へ向かう。

すると席に着いて間もない彼に対して、歩み寄る生徒の姿があった。

「ねぇ、西野君。ちょっといい？」

松浦《まつうら》さんである。

西野が着いた席の正面、腰に手を当てての訴えだ。そこには以前までのおどおどとした態度は見られない。我道を征《い》く彼女は学内において、とても自由な存在だ。着崩された制服と相まって、ちょっと不良っぽい雰囲気すら感じられる。

「どうした？　松浦さんから声を掛けられるとは珍しい」

これに対して、いちいち一言多いフツメンの返事。

松浦さんの眉間に、にゅっとシワが寄った。

けれど、彼女は苛立《いらだ》ちを飲み込んで言葉を続ける。

「相談したいことがあるの。一緒に来てくれない？」

西野の言葉ではないが、彼女が自ら彼に声を掛けるような出来事は、これまでほとんど見られなかった。自《おの》ずと居合わせたクラスメイトも、なにがどうしたとばかり、二人に対して注目を向ける。

それは二つ隣の席で一時間目の支度をしていた委員長も同様だ。え、どうして松浦《まつうら》さんが西野《にしの》君に、などと疑問も一入《ひとしお》。後者が登校してから、ずっと意識してしまっていた彼女である。

「ああ、分かった」

普通なら理由を尋ねそうなものだ。

だが、フツメンは二つ返事で快諾。

自席に腰を落ち着けたのも束《つか》の間《ま》、すぐさま立ち上がった。

クラスメイトから相談事とあらば、無視はできない。目の前の異性が自身の手には負えないアバンギャルドな性格の持ち主であると理解しつつも、一方的な学友認定は、依然として揺らぎがなかった。相変わらず身内にはチョロい彼である。

同時にチラリと、その視線が委員長に向かう。

松浦さんから声を掛けられた事実を、志水《しみず》に勘違いされたらどうしよう、などと偉そうなことを考えている。それならさっさと自分から告白すればいいものを、どんと構えて告白を待つのが男らしい、と考えて止《や》まないフツメンだ。

世の中のイケメンが真逆のスタイルを率先しているのに対して、自らが恋愛弱者にありがちな対応をしていることを、非モテの彼は理解していない。良くも悪くも、フランシスカと共に盗み見た光景が、フツメンに余裕を与えていた。

当然ながら能動的に声を掛けるような真似《まね》もしない。

先日から彼と彼女の距離は、依然として一定の間隔を保っている。

「っ……」

他方、視線を向けられた彼女は大慌てで顔を伏せる。

西野と視線が合ってしまった委員長だ。

直後には、どうして私が慌てなくちゃならないのよ、と憤る。フツメンのことが気になりつつも、やはり苛立《いらだ》たしいものは苛立たしいらしい。別にそんなんじゃないんだから、とかなんとか胸中で必死に言い訳を繰り返す。

もはや一人前のツンデレだ。

「行こう、松浦さん」

気になる彼にプライベートな姿を目撃されているとは夢にも思わない。

「…………」

そうした志水を尻目に、西野は歩み始める。

机に向いていた身体《からだ》が廊下へ向き直るのに際しても、どことなく優雅に映る身のこなし。

両手はズボンのポケットにイン。気取った振る舞いが松浦さん的にはこれまたむかっ腹。

この背中に私は続かなければならないのかと。

しかし、自ら声を掛けた手前、非難することも憚《はばか》られた。

そこで素直に頷《うなず》いて、彼女たちは二年A組の教室を出ていった。

〈アイドル　一〉

朝のホームルームを無断欠席して迎えた屋上でのひととき。

ひゅうと吹いた冷たい風が、冬の訪れを感じさせる。寒空の下、好き好んで屋外に出ようという生徒は滅多《めった》にいない。階段室を越えた先では、西野《にしの》と松浦《まつうら》さんの二人きり。分厚い鉄扉を閉じたのなら、交わされるやり取りは誰の耳に届くこともない。

周囲に人の目がないことを確認して、松浦さんはフツメンに向き直る。

そして、彼に対するにしては珍しくも、真面目な面持ちで言った。

「噂《うわさ》に聞いたんだけど、西野君、芸能関係の伝手《つて》があるんだってね？」

同所を訪れるまでの間、松浦さんから声を掛けられた理由について、西野も廊下を歩きながら色々と想像を巡らせていた。けれど、いざ伝えられた内容は、そのいずれにもまるで掠《かす》りはしなかった。

同時に相手が自分に対して何を求めているのか、すぐに当たりがついた。

「無いと言えば嘘《うそ》になるが、それがどうしただろうか？」

「あ、やっぱり本当なんだ」

過去には学内外で、太郎助《たろうすけ》とも親しげにしていた西野である。

噂だなんだとは言っているが、松浦さんも確信を持っての問い掛けだろう。秋口までは常であった弱々しさなど、もはや見る影もない。こうして堂々と受け答えする姿こそ、本当の彼女であったのだと、西野《にしの》も感慨を覚える。

これはこれで悪くない、などと考えている非モテだ。

「しかし、だとしたら松浦《まつうら》さんは、こちらに何の用があるんだ？」

「今更虫のいい話だとは思うけど、お願いがあるの」

「叶《かな》えられるか否かは分からないが、せめて話くらいは聞こう」

相変わらず上から目線で勿体《もったい》ぶったフツメンの物言い。

これに構わず、松浦さんは素直に一歩を踏み出した。

「枕でもなんでもするから、私を事務所に紹介してもらえない？」

「…………」

それは西野もいくつか想定していた仮定のうち一つだった。

他にも、特定の人物を紹介して欲しいだとか、どうしても欲しいアイテムがあるだとか、この僅かな間であれこれと考えていた次第である。そうしたなかでも一際、面倒臭そうなお願いごとだった。

一瞬、冗談を言っているのかとも考えた西野である。

けれど、語る本人は至って真面目な表情だ。

なにより教室から別所に、わざわざ連れ出してまでのやり取りは、目の前の相手がそれ相応の覚悟を決めて、声を掛けて来たことをフツメンに想定させた。普段なら自ら彼に近寄るような真似《まね》は、決してしない彼女である。

「稼げるようになるまで面倒を見てくれるなら、その間は私のこと西野君が都合いいように、どうとでも扱ってくれて構わないから。ヤりたいっていうのなら、今日からでも西野君の家に泊まり込みで構わないし」

そして、本日の松浦さんは、これまでの松浦さんとは少し違った。

一方的に利益を貪るばかりではない。

少なくとも西野の協力に対して、最初に対価を示してみせる。その姿勢を目の当たりにしたことで、フツメンにも色々と思うところが出てきた。もしも目の前の相手が苦労を抱えているのなら、これを解決することは吝《やぶさ》かではない。

一度は惚《ほ》れた女だから云々《うんぬん》、過去に語っていたのは決して伊達《だて》でない。

「理由を聞いてもいいだろうか？」

「…………」

饒舌《じょうぜつ》にも語ったかと思いきや、何気ない問い掛け一つで声が失われる。

フツメンの脳裏には、今まさに耳にした言葉が反芻《はんすう》された。

曰《いわ》く、稼げるようになるまで面倒を見てくれるなら。

「失礼だが、金銭的に困っているのだろうか？」

「……悪い？」

西野《にしの》に負けず劣らず、突《つ》っ慳貪《けんどん》な反応を見せる松浦《まつうら》さん。

本人は格好《かっこ》つけているが、実際はホスト破産だった。

興味本位から足を運んだ夜のお店。当初こそ初回料金で冷やかしてやろう、などと意識高く考えていた彼女である。それが気付けばいつの間にやら貢いでおり、ガブちゃんのパパからもらったお金はすっからかん。

更には売掛を重ねてしまい、昨今では連日催促の連絡を受ける始末だ。

もしも話が家族や学校にバレたのなら、面倒事は免れない。最悪、高校を辞める羽目になるかもしれない。中卒で社会に放り出される危うさを理解する彼女は、それだけは断固として回避しなければと、本日動き出した次第だった。

しかし、だからと言って真っ当に働く気にはなれない松浦さん。

散々甘い汁を吸った手前、他人の下で汗水垂らすなどあり得ない。

結果として導き出された答えが、アイドルデビューである。

「悪いとは言わない。だが、こちらが把握している限り、音楽イベントの騒動では松浦さんにも、ある程度の額が転がり込んだと思うのだが、それは違うか？　もしも面倒事に巻き込まれたというのであれば、こちらも力になるが……」

「私は搾取される側で終わりたくないの。搾取する側に立ちたいの」

「…………」

歯に衣を着せない物言いに、西野も続く言葉を失った。

金の切れ目が縁の切れ目。担当から辛辣に当たられた松浦さんは、ホストへの愛を失った。代わりに目覚めたのは、修羅の道。世の中に対する反発心が、文化系サークルの姫で収まっていた彼女を、さらなる高みへと誘《いざな》った。

松浦さんはマジ顔でフツメンに語って聞かせる。

それは彼女の嘘《うそ》偽りない本心にして、どこまでも素直な思い。

「他人からチヤホヤされて、一方的に貢がれる。そういう存在に私はなりたい」

「……そうか」

こうなると西野には上手《うま》い返事が浮かばない。

なにより目の前の人物は真剣だった。

本気でアイドルを目指しているようであった。

当人としては、退っ引《の》きならない状況にあるからして。

「その為《ため》だったら何でもする。だから、私に協力してもらえない？」

ここでふと、フツメンは考えた。

アイドルを目指すクラスメイトを傍《かたわ》らでサポートする、それは意外と青春っぽいイベントではないのだろうかと。しかも相手は自分と同様、学内で爪弾《つまはじ》きにあっている人物だ。

フツメンにしてみれば、なかなか美味《おい》しいシチュエーションである。

その先に男女の関係がなくとも、青春大好き野郎の心は震えた。

「…………」

また、松浦《まつうら》さんが学外で立場を得れば、学内における彼女の扱いも変わるかもしれない。それは昨今の二年A組が抱えた問題にして火種の一つ。他の誰よりもクラスの平和を願っているフツメンとしては、一石二鳥の妙案にも映った。

割と肯定的に松浦さんからの相談を受け止め始めた西野《にしの》である。

ただ、そうした彼の沈黙を松浦さんは否定と捉えたようだ。

「っていうか、西野君も色々と秘密にしていること、あるよね？」

「……なんだ？」

突っ込んだ物言いを受けて、フツメンの眉が震えた。先日までのホスト勤務により整えられたことで、未《いま》だ秩序を保っている界隈《かいわい》だ。登校と前後しては、クラスメイトからも注目を受けていた。

竹内《たけうち》君との関係も手伝って、反応してしまった西野である。

ただ、そうした彼の意識とは裏腹に、伝えられたのは別件だった。

「委員長と一緒にホストクラブに出入りしてなかった？」

「あぁ、そのことか……」

当たらずとも遠からず。けれど、肝心なところからは外れている。もし仮に知られたところで、何がどうするということもない。なんら気兼ねした様子もないフツメンを見つめて、訝《いぶか》しげな表情を浮かべる松浦さん。これに彼は淡々と頷《うなず》いて応じた。

「知り合いの勤め先でイベントがあったんだ」

「イベント？」

現場に居合わせた松浦さんとしては、眉唾ものの言い訳である。

売上勝負がどうのと賑《にぎ》やかにやっていた西野たちである。

けれど、その事実を素直に言えないのは彼女も同じだ。

「だが、どうしてそのことを松浦さんが知っているんだ？」

「っ……ま、街を歩いてたら、クラブに入っていく西野君を見たの」

そう言われると松浦さんも弱い。

自身も現場に居合わせたとは、とてもではないけれど主張できないからだ。下手に突っ込んでは、自らの失態まで公になりかねない。フツメンが事実を素直に認めたことで、彼女の続く言葉は失われた。

そして、いずれにせよ彼からの返答は決まっていた。

相手に協力を願いつつも、できる限り西野とは対等であろうと奮闘する松浦さん。対して一方的な学校ラブから、これに応えようとするフツメン。他の学生なら喧嘩《けんか》を売られたと取りかねない発言も、彼からすれば日常的な軽口に過ぎない。

クラスメイトとのやり取りを心地よく感じている節さえある。

「承知した。向こうしばらく松浦《まつうら》さんに協力しよう」

「本当に？」

「ああ、本当だ」

転んでもタダでは絶対に起き上がるつもりがない松浦さん。

地に寝転がったまま、お股を開いている彼女の明日はどっちだ。

◇◆◇

その日の昼休み、西野《にしの》はガブリエラから呼び出しを受けた。

場所は朝方と同じく校舎の屋上。

松浦さんに呼び出されて訪れた際と変わりなく、界隈《かいわい》には二人以外、生徒の姿は見受けられない。やれやれ、今日はやけに女から声が掛かるな、とはガブちゃんから声を掛けられた直後、二年A組で呟《つぶや》かれたフツメンの台詞《せりふ》である。

クラスメイトを総じて苛立《いらだ》たせつつの移動と相成った。

「西野五郷《ごきょう》、身の回りもだいぶ、落ち着いたのではありませんか？」

「ああ、おかげさまで当面は、学生生活を続けられそうだ」

二人は立ったまま、お互いに正面から向かい合っている。

西野を見つめるガブリエラの表情は真剣なものだ。

普段なら否が応でもローズが同行しそうなもの。しかし、彼女は一つ前の授業を担当していた教員から、教材の片付けを頼まれており不在。これ幸いと一人でフツメンの下を訪れたガブちゃんである。

「ソレはなによりです。逃げ癖が付かずに済みそうですね」

「以前にも言われたその言葉、今更ながら色々と気付かされた気分だ」

「ソレはつまり、貴方《あなた》は私に感謝していルと考えてもいいですか？」

「当然だ。アンタには改めて礼をしたいと考えていた」

「でしたラ、話は早いですね」

珍しくも素直に受け答えする西野。

その殊勝な態度を眺めて、ガブリエラの口元に笑みが浮かぶ。

「お礼は結構ですから、代わりに返事を聞かせて下さい。オバサンのせいで延々と先延ばしになっていましたが、ソレもすべて片付きました。この期に及んでは、何に躊躇《ちゅうちょ》すルこともないはずです」

「……いつぞや部屋にやって来たアレか」

「ええ、そうです。そのアレです。ちゃっちゃと返事を下さい」

ガブリエラが西野《にしの》に対して、交友を迫った一件である。直後にはフランシスカが乱入して来て、以降はフツメンの進退を巡り、先日まで忙しくしていた面々だ。後半はガブちゃんも他人事《ひとごと》ではなかった。

「そういった意味では、意に沿った礼とならずに申し訳なく思う」

「逃げ癖を付けルような真似《まね》は、もうしないのではありませんか？」

「いいや、違う。決して逃げた訳ではない」

「だったラ何故《なぜ》ですか？」

「他に、気になっている女がいる……」

よく晴れた秋空を仰ぎ、遥《はる》か遠くを見つめつつフツメンは語る。

これがまた凡庸な顔立ちの彼には、尽《ことごと》く似合わない。ただでさえ細い目が意図的に細められて、もはや線である。クラスメイトが目撃したのなら反発は免れない。委員長もお肌をブツブツとさせたことだろう。

一方的に視線を外されたガブリエラも少しイラッときた。

けれど、彼女は健気《けなげ》にも言葉を続ける。

「私は一向に構いません。どこの誰を気にかけていルのかは知りませんが、そレと私と付き合うことは背反しません。他に気になっていル女を意識しつつ、私とも付き合いましょう。限リあル人生、時間は有効に利用すルべきです」

「彼女には誠実でありたい。だから、悪いがアンタとは付き合えない」

「まさかとは思いますが、そレは私のことを軽んじて……」

「当然、アンタにも誠実でありたいと、同じくらい強く思っている」

「…………」

告白を受けた訳でも、ましてや交際が決まった訳でもないのに、ここぞとばかりに格好《かっこ》つけるフツメン。既に彼の脳裏では、委員長と共に過ごすバラ色の学園生活が、連日にわたって想像されていた。

妙なところで謙虚なシニカル野郎には、キープという概念が存在しない。

即座にガブちゃんを振ってしまう。

あるいは性行為を伴わない親友的なスペースに殿堂入り。

ヤれるときにヤッておく主義の竹内《たけうち》君や鈴木《すずき》君が耳にしたのなら、オマエはなんて勿体《もったい》ないことを言っているのだと、目を皿にして驚いたことだろう。それは二年A組の他の男子生徒も、きっと似たり寄ったりである。

「アンタに対する感謝は本物だ。代わりに他のことなら何でも言って欲しい。少なくともこの学校に籍をおいている限り、助力を惜しまないことを約束する。ボディーガードでもなんでも、便利に使ってくれて構わない」

再びガブリエラに視線を戻して、西野《にしの》は粛々と伝えた。

本気で委員長とワンチャン狙っているらしい。

以前はガブちゃんに誘われるがまま、彼女が宿泊していたホテルの客室に足を運んでいたフツメンだ。それが自らの過去の行いを棚に上げて、この語りっぷりである。青春の二文字に突き動かされる西野は、先日からイケイケゴーゴー状態だ。

こうなると機会を逃した彼女は、原因となったお姉様憎し。

そうでなければ今頃は、お付き合いしていたかもしれない二人だ。

近いうちに軽く一回シバいておこうと、彼女は折檻《せっかん》をスケジュールする。

同時にガブリエラは疑問に思った。

目の前の相手が気になっている女は誰なのかと。

西野が仕事に絡んだ相手とどうこうなるとは、彼女も考えない。そうなると話題に上がったのは、私生活で付き合いのある人物、ということになる。ここ最近で広がった自らの交友関係を思い、脳裏にはいくつか顔が思い浮かんだ。

「そレなら頼み事を考えル時間を下さい」

「わざわざ改まる必要はないだろう。回数制限はないんだ」

「ラしくない大盤振ル舞いです。まさか浮かレていルのですか？」

「アンタに相応の恩義を感じているのだと、素直に受け取ったらいい」

そうこうしていると、屋上に設けられた階段室の鉄扉が開かれた。

屋内から姿を現したのは、重箱を抱えたローズだ。

「あら、やっぱりここに居たわね」

教師から仰せつかった仕事を終えて、駆けつけてきたようである。

二年A組の教室に西野《にしの》の姿が見られず、屋上まで追いかけてきたのだろう。依然として平日の昼休みには、手製のお弁当を用意している彼女だ。それは西野が自前で昼食を確保するようになってからも変わりはない。

隙あらばその口に、自らが調理した品を放り込まんと狙っている。

「見たところ昼食の支度がないようだけれど、これからよね？」

フツメンの姿を視界に収めて、顔に笑みが浮かんだ。

パタパタと足早で二人の下に駆け寄る。

事情を知らない者が見たら、とても甲斐甲斐《かいがい》しく映る光景だ。ここ最近、完全に飯炊き女のポジションに収まってしまった感がある。学校でのランチタイムのみならず、シェアハウスでは一日三食、休日も欠かすことなく、おさんどんを担当していた。

本人は着実に西野との仲を進展させているつもりだ。

けれど、現時点ではガブリエラに一歩先を行かれている。

更には一昨日《おととい》より委員長にも敗北必至。

しかもその事実に、本人はまるで気付けていない。

「わざわざ私たちを追いかけてきたのですか？　お姉様」

「一人で食べ切れる量ではないのだもの。残してしまったら、食材が勿体《もったい》ないじゃないの。けれど、決して無理にとは言わないわ。要らないと言うのであれば、貴方《あなた》は一人で学食でもどこでも、好きに行けばいいじゃない」

「仕方がありません、私もお弁当の消費に協力しましょう」

ガブちゃんと言い合いつつも、ローズは昼食の支度を始める。

わざわざランチマットまで用意して、手際のいいことだ。

「だとしてもここは冷える。屋内で食べるべきではないか？」

「そレならラ学食に行きましょう。あそこならラ空調が効いています」

「学食ってお弁当を広げてもいいのかしら？」

「たまにお茶だけもらって、自前の弁当を食べている生徒もいるな」

「できれば静かなところでゆっくりと過ごしたいのだけれど……」

ローズが屋上にやって来たことで、西野とガブリエラのやり取りは終えられた。ひゅうと一際強く吹いた風に煽《あお》られるようにして、三人は屋内に向かい歩み始める。本格的に冬の訪れを感じさせる、寒空の下での出来事であった。

◇◆◇

同日の放課後、西野《にしの》は教室で帰り支度をする松浦《まつうら》さんに声を掛けた。

「松浦さん、今朝の件だがこれから少しいいか？」

「……いいけど？」

後者が手元に向けていた視線を上げると、自席の正面には前者の姿。既に帰り支度を終えているようで、手には鞄《かばん》を提げている。予期せず視界に収まったフツメンの姿を確認して、自然と反発しそうになった松浦さん。これを飲み込んでの応対である。

一方で西野の動きを受けて、クラスメイトの間には動揺が走った。

昨今では二年A組のカースト最底辺にして、問題児扱いが常の二人である。単体でも何気ない動向がクラス内の不協和に繋《つな》がること度々。それが交わりあったとなれば、今度は何だとばかりに注目が向けられた。

「先方と確認が取れた。可能ならこれからでも向かいたい」

「えっ、もう連絡がついたの？」

フツメンの何気ない発言を受けて、松浦さんの顔に驚きが浮かぶ。

昨日の今日どころか、当日中でのご連絡。

まさかこんなに早く返事がもらえるとは思わなかったようだ。

「急いでいるんだろう？」

「そ、それはそうだけど……」

就学時間中、早々にも電話連絡を取っていた西野である。

そのフットワークの軽さには、松浦さんも驚いたようだ。こと仕事と名の付く物事においては、極めて優秀なフツメンである。クライアントが同じクラスの女子生徒ともなれば、それは尚《なお》のこと。

そして、今回は文化祭のときのように空回りすることもない。

「何か用事だろうか？　それなら後日でも構わないが」

「ううん、それなら頼める？」

「分かった。ではすぐにでも出発するとしよう」

傍《はた》から眺めたのなら、仲よさそうに映る二人のやり取り。

放課後、一緒に出かけるみたいだ。

つい数日前までは険悪であった彼と彼女。少なくとも西野のことを一方的に嫌っていた松浦さん。なのにどうしてと、クラスメイトは疑問に首を傾《かし》げる。また周りを巻き込んで、言い合いが始まるものだとばかり考えていた面々だ。

そして、これは委員長も例外ではない。

しかも最近の彼女は、西野のことが気になって仕方がない。

本日も帰りの支度をしながら、視線の隅で彼の姿を追いかけてしまっていた。それがどうしたことか、松浦《まつうら》さんの席に向かっていくではないか。更にはお互いに通じ合った様子で、話を始めたから驚きである。

二人が仲良くしていたらしていたで、納得がいかない志水《しみず》だった。

西野《にしの》がまた松浦さんに騙《だま》されて、いいように利用されているのではないかと、否応《いやおう》なく勘ぐってしまう。そして、そのように考えたのなら、黙って見ていられないのが彼女という人格であった。

「松浦さんが西野君と一緒なんて、珍しいわね？」

ついつい口を出してしまった委員長である。

過去の経緯を思えばそれも仕方がない。

松浦さんの本性は、志水も旅行を共にしたことで十分理解していた。

「……何？　委員長、私に何か用事？」

「松浦さん、西野君のこと嫌っていなかった？」

委員長の参戦を受けて、クラスメイトの注目が彼女に移った。

女子生徒が二名、お互いに席を立って向かい合う形だ。

それまで我関せずを貫いていた生徒たちも、騒動の輪が広がるのに応じて、段々と意識を向け始める。その中には鈴木《すずき》君の姿もあった。部活動へ向かわんとした直後、委員長の声が耳に入った次第である。

皆々の見つめる先で二人は言葉を交わす。

「そんなの別に何だっていいでしょう?」

「また西野君をいいように使うつもりじゃないの?」

「もし仮にそうだとして、委員長に問題があるの?」

「クラスメイトを一方的に使い倒すような真似《まね》、よくないとは思わないの? それって以前、貴方《あなた》が私に対して指摘したのと、まったく同じことだと思うのだけれど。自分の立場と西野君の好意、理解しているでしょう?」

委員長、もしかして西野君のこと利用して、便利に使ってたりするんじゃないの? とは過去に松浦さんから委員長に対して、投げかけられた言葉である。それを本日まで根に持っていた志水だった。

こうなると黙ってはいられないのが西野である。

「委員長、落ち着いて欲しい。これはイーブンな取り引きだ」

即座に格好《かっこ》つけたワードが飛び出てきた。

本人がこんな体たらくだから、助け舟を出した立場にある志水としては、周囲の視線がこっ恥ずかしい。だからどうして、そうもスラスラと妙な台詞《せりふ》が出てくるのよ。喉元まで出かかった突っ込みを危ういところで飲み込む。

「変なところに連れて行かれて、大変な目に遭うかもしれないわよ?」

「委員長、私のことどういう目で見ているの? 普通は逆じゃない?」

これまでにも繰り返し衝突してきた手前、段々と遠慮がなくなって感じられる二人のやり取り。その姿を目の当たりにしては、竹内《たけうち》君もヒヤヒヤとしている。すぐ傍《かたわ》らでは鈴木《すずき》君も難しい表情だ。

これを収めたのは西野《にしの》の何気ない呟《つぶや》きである。

「知り合いのプロダクションに松浦《まつうら》さんを紹介するだけだ」

「えっ……」

知り合いのプロダクションなる代物が、一体何を指しているのか。松浦さんを紹介するのだという主張と合わせて考えたのなら、フツメンが言わんとすることは、委員長にもすぐに理解できた。

過去には太郎助《たろうすけ》との交友を目の当たりにした経緯もある。

一方で他のクラスメイトにとっては眉唾ものだ。

また西野がホラを吹き始めたと、そこかしこで声が上がり始める。

「それってやっぱり、松浦さんが無理を言ったんじゃないの?」

「まさか委員長、羨ましいの?」

「っ……そ、そんな訳ないでしょ!?」

西野と二人で放課後に出かける、その事実を羨ましいのかと問われたような気がして、委員長は胸がドクンと強く鳴った。松浦さん的にはプロダクション云々《うんぬん》を指しての発言であったから、まるで見当違いな胸の高鳴りである。

キッと目元を鋭くした志水《しみず》に対して、先方は戯《おど》けるように言う。

「まあ、委員長みたいな堅物には向かないよね」

「どうして松浦さんに、そこまで言われなきゃならないの？」

「それとも一緒に来るつもり？」

「なんだ、委員長も興味があるのか？」

「べ、別に興味なんてないわよ！　ただ、私は西野君が松浦さんに……」

自ら声を掛けた手前、すごすごと引き下がるのもバツが悪い。

周囲にはクラスメイトの目もある。

委員長はしどろもどろと、続く言葉に悩み始めた。

その反応を受けて、彼女の焦りを読み誤った西野は続ける。

「だったら委員長も一緒に来るといい」

十代も中頃とあらば、誰しも一度くらいは華々しい舞台に憧れるものだ。委員長もそのあたりは他の女子生徒と同じなのだろう。圧倒的な上から目線で、そんな失敬なことを考えつつ、フツメンは志水を誘う。

当然ながら、これまでの委員長であれば、即座に断りを入れただろう。

どうして放課後まで、西野《にしの》君と一緒に過ごさないといけないのよ、と。

しかし、先日からの委員長は、少しだけ目の前の相手のことが気になる。

ついでに言えば、松浦《まつうら》さんに言い負けたまま、というのも非常に悔しい。

「そ、そこまで言うなら、一緒に行ってあげるわよ！」

だからだろう、気付けば反射的に応じていた。

声高らかに頷《うなず》いてしまった志水《しみず》である。

直後には、これ以前にもあったパターン、などと思わないでもない。だが、声に出してしまった決断は戻らない。松浦さん共々、西野と一緒に知り合いのプロダクションとやらへ向かうことになった。

◇◆◇

学校近くでタクシーに乗り込んでしばらく、三人は目的地に到着した。

西野が渡りを付けたプロダクションは、赤坂界隈《かいわい》に立ち並ぶビルの一つに収まっていた。

ビル正面に設けられた案内板に従えば、かなりの規模の建物が丸々一棟、芸能事務所として利用されているようだ。

これを目の当たりにしては松浦さんも驚いた。

てっきり池袋かそこいらにある、繁華街の雑居ビルに入った小さな零細プロダクションにでも、連れて行かれると考えていた次第である。それでもどうにかして、有名アイドルに成り上がってみせると、自らを盛り上げていた彼女だ。

だというのに、これはどうしたことか。

辿《たど》り着《つ》いた先は自身も名前を知っているような業界大手の事務所。

タクシーを降りて、颯爽《さっそう》とエントランスに向かわんとするフツメン。

焦った松浦さんは、彼の背中に声も大きく尋ねた。

「西野君、ほ、本当にここなの？」

「ああ、先方には既に話を通してある」

「だけど、ここって……」

スーツ姿で行き交う大人たちに交じり、スタスタと建物に入っていく西野。

その背を追いかけて、松浦さんと委員長もエントランスに向かう。

委員長的には、なんとなく想像していた展開だ。彼女の記憶が正しければ、どこぞのロックスターが所属してる事務所でもある。敢《あ》えて声を上げることもない。やっぱり素直に引き下がっておけばよかった、とは後悔先に立たず。

入ってすぐのところには受付カウンターが設けられており、若くて可愛《かわい》らしい女性がスーツ姿で、ニコニコと笑みを浮かべている。フロアにこそ人気《ひとけ》は多いが、受付周辺には先客の姿も見られない。

西野《にしの》はこれ幸いと、その正面に歩みを向けた。

そして、挨拶の言葉もそこそこに用件を伝えてみせる。

「悪いが、ここの代表を頼む。西野が来たと伝えてくれ」

「……え？」

なに言ってるの、この子。

受付のお姉さんはフツメンの偉そうな物言いを受けて、キョトンとした。

目の前の相手が何を言っているのか、理解が追いつかなかったくらい。

制服姿の三人はどこからどうみても学生である。完全に周囲から浮いてしまっていた。居合わせたお客からもチラリチラリと視線が向けられて止《や》まない。どうしてこんなところに子供がいるのかと。

こうなると委員長と松浦《まつうら》さんはとても恥ずかしい。

ちょっと止めてよ、と言わんばかりの面持ちで西野を見つめている。

他人の振りをしようと試みたところで、自分たちも彼と同じように制服姿であるから、誤魔化《ごまか》すことも難しい。警備の人を呼ばれてしまったらどうしようとは、未《いま》だにフツメンの言葉が信じられない松浦さんの焦りだ。

だが、二人の心中など知る由もなく彼は続ける。

「いや、こっちで連絡を入れた方が早いか」

受付のお姉さんに言ったのも束《つか》の間《ま》、懐から端末を取り出す。

そして、どこへともなく電話で連絡を取り始めた。

皆々が注目する前で、西野はいつもの突《つ》っ慳貪《けんどん》なお喋《しゃべ》り。

「今着いた。悪いが迎えに来てもらえないか？　受付にいる」

「あの、こ、ここは子供の来るところじゃないから……」

やたらと堂々としたフツメンの振る舞いに戸惑いつつも、常識的な対応をする受付のお姉さん。どうして警備は止めなかったのよ、とかなんとか内心では愚痴を吐き散らしつつのご案内である。

するとそうこうしているうちに、フツメンの名を呼ぶ声が響いた。

「西野先生！　お、お待ちしておりましたっ！」

エントランスの隅の方から、受付カウンターに向かい人がやって来る。

パタパタと駆け足での登場だ。

ローズやガブリエラ、あるいは竹内《たけうち》君や向坂《むこうさか》が一緒であったのなら、相手の姿を目の当たりにして、声を上げていたかもしれない。いつぞやブレイクダンス同好会を巡る騒動、音楽フェスの開催と前後して顔合わせを行った、事務所のマネージャーである。

スーツにベスト、ネクタイまできちんと着用した、三十代前半と思《おぼ》しきイケメン。綺麗《きれい》に整えられた七三カットの頭髪と、目鼻立ちのハッキリとした面持ちから、デキる営業マン然とした雰囲気を感じさせる。

ただし、その表情は媚《こ》びるように笑みを浮かべていた。

それは以前、業界の偉い人に対して向けられていた代物である。

「えっ……」

男性の姿を目の当たりにして、受付のお姉さんは全身が強張《こわば》った。

どうやら事務所内では、それなりに名の知られた人物のようだ。

これに構わず先方は、西野《にしの》に対してペコペコと頭を下げて応じる。

「代表がお待ちです。どうぞどうぞ、こちらにいらしてください」

「ああ、すまないが案内して欲しい」

フランシスカを経由して、業界の偉い人に連絡を取ったフツメンだった。

その案内役として、顔見知りである七三の彼がやって来たようである。これで面会まで数日でも猶予があれば、代わりに太郎助《たろうすけ》が顔を見せたかもしれない。しかし、事情を知らない彼は本日も、別所で仕事に精を出している。

「………」

悠然と頷《うなず》いた西野に対して、松浦《まつうら》さんは絶句である。

なんで西野君が、みたいな表情だ。

委員長はなんとなく想像できた顛末《てんまつ》にノーコメント。

スーツ姿の七三に促されるがまま、三人はエントランスを後にした。

◇◆◇

受付前からエレベータを経由して移動することしばらく。七三スーツの案内に従って足を運んだのは、事務所ビルの上層階に設けられた応接室。そこでは彼と同様に、音楽フェスを巡る一件から面識を持った、業界の偉い人が待っていた。

パッと見た感じは六十を少し過ぎたくらいの老体だ。しかし、指の関節に生まれたシワの深さに対して、妙に張り艶《つや》のいい首から上の肌を見るに、実年齢はもう少し上と思われる。不自然に整った髪の生え際からも、整形の痕跡が見て取れた。

以前はワイシャツにジーンズというラフな格好での面会であったが、本日は高そうなスーツでめかし込んでいる。ソファーに掛けていながらも、背筋はピンと伸ばされており、身体《からだ》が背もたれに触れることはない。

七三スーツは西野たちを同所まで案内すると、早々に部屋を出ていった。

「いきなり押しかけて申し訳ない。面会を感謝する」

「そ、そんな滅相もないっ……」

フツメンの挨拶を受けて、大仰にも応じてみせる業界の偉い人。

互いにローテーブル越しのやり取りだ。

向かい合わせで設けられた三人掛けのソファー。偉い人の対面には西野《にしの》を中央として、左右に委員長と松浦《まつうら》さんが座っている。二人とも先方と同様、背筋をピンと伸ばして、緊張から全身を強張《こわば》らせていた。

マイペースと怠惰が常であった松浦さんも、今は頬《ほお》が引きつっている。名前こそ知らずとも、目の前の相手がこちらの事務所において、どのような地位にあるのかは、なんとなく察したようであった。

そして、こうなると志水《しみず》も焦らずにはいられない。しかも隣には肩が接するほどの距離感でフツメンの姿がある。少し動けば膝が接してしまいそう。意識しないようにしようと思えば思うほど意識してしまう。

「こちらこそ先の件では、大変申し訳なく感じておりまして、再びこうしてお声掛けを頂けたことに悦《よろこ》びを覚えておる次第でございまして、その、な、なんでもお手伝いさせて頂きますので、どうかよしなにお付き合いを願えたらと……」

「ああ、どうかよろしく頼みたい」

どこまでも下手《したて》に出る偉い人に対して、普段と変わらずに応じる西野。

松浦さん的にはとても現実とは思えない光景だ。

クラスメイトが西野を巻き込んで、壮大なドッキリを仕掛けていると考えた方が、まだ納得がいく。それもこれも引率している人物の顔立ちが普通なのがよくない。これが竹内《たけうち》君の紹介だったら、多少は説得力もあったことだろう。

そうした彼女の慄《おのの》きに構わず、二人の間では言葉が交わされる。

「ところで、以前ご一緒されていた女性の方なのですが……」

「フランシスカか？」

「は、はい」

「あの女は今少しばかり忙しい。なにか用件でもあるのか？」

「いえ、少し気になっただけと言いますか……」

「話があるなら伝えておこう」

「とんでもありません！　どうかお気になさらないで下さい」

股臭オバサンの名前を受けて、歯切れが悪い業界の偉い人。その姿を眺めた西野の脳裏には、フランシスカに弱みでも握られているのだろう、とかなんとか寸感が浮かぶ。以前にも便利に利用されているような節があった。

ただ、いずれにせよ彼の目的は変わらない。

狼狽《うろた》える業界の偉い人に対して、改めてその口から用件が伝えられた。

「いきなりですまないが、この二人に機会が欲しい」

以降は松浦《まつうら》さんから西野《にしの》に相談があったとおりである。

そして、既に話は通してあるという彼の発言は、決して嘘《うそ》ではなかったようだ。委員長と松浦さんが見ている前で、業界の偉い人は取り立てて難色を示すこともなく、フツメンの要求に頷《うなず》いてみせた。

結論から言うと、松浦さんと委員長は本日からアイドル候補生。

事務所が擁する養成所に籍を設けて、そちらでレッスンに励みつつ、デビューを目指しましょう、というのが偉い人からの提案だった。お二人とも可愛《かわい》らしい顔立ちをされているので、すぐに日の目を見ることでしょう、とのお話である。

松浦さん的には驚く他にない。

審査はおろか、書類選考さえ行われずに決まった養成所入り。

他方、段々と大事になっていく自身の身の上を受けて、委員長の後悔は膨れ上がっていく。クラスメイトに対するちょっとした意地が、ごめんやっぱり今のなしで、の一言を口にする機会を奪っていた。

またも勉強時間が目減りする予感を見せる志水《しみず》の私生活だ。

〈アイドル　二〉

委員長と松浦さん、二人のアイドル候補生としての日々は始まった。

本来であれば相応の時間を必要とする手続きや事務処理は、業界の偉い人のおかげであってないようなもの。受け入れの翌日に迎えた休日、朝イチで渋谷《しぶや》に設けられた養成所を訪れた彼女たちは、そこでレッスンを受けることになった。

地理的には駅近の一等地、かなり立派なビルである。

無機質な外観のデザインも手伝い、アイドルの養成所というよりは、手堅い企業の収まったオフィスビルといった風情が感じられる。事実、建物の正面に面した通りを行き交う人々は、そこに養成所が収まっているとは到底思わない。

けれど、内部はたしかに養成所として機能しており、各フロアには大小様々な稽古場や、レコーディングスタジオ、更には舞台までもが設けられていた。素人目にもお金のかかり具合が窺《うかが》える代物だ。

そうした只中《ただなか》を歩んで訪れた稽古場でのこと。

委員長と松浦さんは、人生初めてとなるお稽古に挑んでいた。

場所は百平米以上はあろうかという広々とした板張りの部屋。壁全体を覆うように大型の姿見が設けられている。明るめの照明に照らされた床はワックスにテカテカと輝いており、その上で人が動き回ると、キュッキュと乾いた音が鳴った。

室内では二十名以上の若い女性が切磋琢磨《せっさたくま》しながらレッスンに励んでいる。

指導を担当しているのは、引き締まった体形が印象的な妙齢の美女。

生徒たちは皆々、部屋の正面に立った講師の指示に従い、背後で流れている音楽に合わせて、一様の動きで身体《からだ》を動かしている。どうやらダンスのレッスンを行っているようで、飛んだり跳ねたりと、かなり激しい身動きだ。

そうした集団のなかに、委員長と松浦《まつうら》さんの姿はあった。

前者の踊る様子を眺めて、講師から声が上がる。

「そこの貴方《あなた》、すごく動きにキレがあるわね。筋がいいわ」

「あ、ありがとうございます……」

「この調子なら十分、皆と一緒にやっていけそうね」

息を荒くしている生徒も多いなか、まだまだ余裕が見られる委員長だ。

学業の傍《かたわ》ら、水泳部で汗を流してきた彼女だから、持久力はピカイチ。また、最近は何かとハイセンスなアクションを実践する機会にも恵まれた。塾の模擬試験の成績はさておいて、身体の調子は絶好調である。

次いで講師の視線が後者に移った。

「そこの貴方、こんなに動けない子、私も初めて見たわよ」

「…………」

委員長とは対照的に、バテバテの松浦さんである。

返事をする余裕もないようだ。激しく肩を上下させながら、のぼせたような面持ちで講師を見つめるばかり。中学生の頃から文化系サークルの姫としてブイブイ言わせてきた彼女にとっては、僅か数分のダンスでさえも重労働だった。

「貴方の場合、飛び入りでの参加は難しいかもしれないわね」

「……が、頑張るので、一緒にやらせてください」

「本当？　それじゃあ皆でもう一度、最初から繰り返しましょうか」

「っ……」

講師の指示を耳にして松浦さんの顔色が絶望に染まる。

それでも自ら言い出した手前、非難の声を上げる訳にはいかない。経済的な問題も手伝い、後には引けない彼女である。シャツの袖で顔に浮かんだ汗を拭いながら、犬のようにハァハァと呼吸を繰り返しつつレッスンに臨む。

男好きするむっちりとした肉体が、松浦さんの運動能力を著しく奪っていた。

ところで、こちらの稽古場には西野《にしの》の姿が見受けられる。

養成所までの道案内かと思いきや、以降も延々とフロアに留《とど》まり続けているフツメンだった。なにかと危うい芸能界、委員長の存在が気がかりでならない西野は、マネージャーとして彼女たちと行動を共にすることを決めていた。

その存在を巡っては、委員長と松浦《まつうら》さんの間でも言葉が交わされる。

「っていうか、西野《にしの》君、ずっとこっち見てるんだけど」

「わ、私に言われても知らないわよ！」

ダンスのレッスンを一コマ終えたところで、練習後のストレッチに入った委員長と松浦さん。講師の指示を受けて二人一組となり、お互いに身体《からだ》の筋を伸ばし合う。そこで西野について話し合われ始めた。

「委員長のことが心配で付いてきたんじゃないの？」

「っ……そんなはずある訳がないでしょ⁉」

そんなはずがありまくりだった。

今も稽古場の隅に立って、委員長のことを見つめている。

時折、他所《よそ》に視線を移したりして、何気ないふうを装ってはいる。けれど、チラリチラリと向けられる視線は、委員長を起点として動いていた。しかも腕など組んだりして、これまた偉そうな待機ポーズである。

しかも何故《なぜ》かスーツを着用。

ホストクラブでの売上勝負を受けて、スーツオブスーツ佐々木《ささき》から購入した一着だ。

これがまた似合っていない。本日はノーメイクの西野である。

そして、見慣れない少年の姿は、他のアイドル候補生たちの興味を引いた。何故ならばレッスン会場は関係者以外立入禁止である。しかも汗を流しているのは薄い運動着に着替えた若くて可愛《かわい》い女性ばかり。

そのような場所に入り込んで、好き勝手に練習風景を眺めようとしたら、相応の立場が必要だろうことは、彼女たちもなんとなく察していた。少なくとも親族だとか、友達だとか、その手の関係ではまず不可能である。

フツメンが首から下げているのは、事務所の関係者であることを示すカード。

一見さんに向けて発行されるゲスト用のパスとは別物である。

業界の偉い人に事務所や養成所内を歩き回る権限をもらった西野だった。過去の経緯も手伝い、先方のご厚意に甘えてやりたい放題だ。委員長や松浦さんのことをサポートしたいと申し出たところ、二つ返事で発行してもらった次第である。

「はい、それじゃあ午前のレッスンは、これで終わりにしましょう」

ややあって講師の女性からレッスン終了のアナウンスがなされた。

等間隔で立ち並んでいた生徒たちが散り散りとなっていく。

そうした中で一人だけ、西野に向かい近づいていく人物がいた。

プラチナピンクに染められたツインテールが印象的な女の子だ。

黒いシャツに黄色いスパッツという出で立《いた》ち。背丈は松浦さんや委員長より低くて、ローズやガブリエラより少しだけ高い。良く言えばスレンダーで引き締まった肉体をしている。悪く言えば胸周りが残念だ。

世の中的には女児の範疇《はんちゅう》。

整った顔立ちはアイドル候補生という役柄に不足ないもの。笑みを浮かべたのなら可愛《かわい》らしく映るだろう一方で、今現在、そこに浮かんでいるのはキリリとした面持ち。愛らしくも凛々《りり》しさが感じられる。

大半の生徒がタオルや飲み物を求めて、部屋の脇に用意した荷物へ向かったのに対して、彼女だけがフツメンの下へ一直線。そして、手を伸ばせば触れられるほどの位置まで近づいたところで口を開く。

「あのぉー、貴方《あなた》に聞きたいことがあるんですけどぉー」

予期せず歩み寄ってきた面識のない相手。

これに西野《にしの》は平素からの仏頂面で淡々と応じた。

「なんだ？」

「貴方、ここで何してるのかな？　どこのどちら様ですかぁ？」

愛想の欠片《かけら》も感じられないフツメンの返事。

これに構わず彼女は粛々と尋ねた。

その行いを受けて、稽古場に居合わせた生徒たちの意識が二人に向かう。どういった返事が戻ってくるのか、聞き耳を立てているのは一人や二人ではない。大半が彼らの動向を窺《うかが》っていた。そして、これは委員長と松浦《まつうら》さんも例外ではない。

稽古場の隅、タオルで汗を拭っていた前者に後者から声が掛かった。

「委員長、西野君がちょっかい出されてるけど」

「だからどうして、いちいち私に言うのよ」

「気にならないの？」

「気にならないわよ！」

「そう？　私は割と気になってるんだけど」

「っ……」

松浦さんの発言の意図を勘ぐり、委員長の脳裏で憶測が巡り始める。

ただ、その口から続けられたのは、志水《しみず》としても想定外の指摘だった。

「西野君に話しかけた子、委員長は知らない？」

「……え？」

「来栖川《くるすがわ》アリス。デビュー前なのにネットで話題になってる子」

「…………」

イケメン芸能人には興味がある一方、女性アイドルにはそこまでアンテナを張り巡らせていなかった委員長である。松浦さんに指摘されるまで、そのような人物が一緒にレッスンを受けていたとは気付いていなかった。

デビュー前のアイドルとなれば尚《なお》のこと。

他方、レッスンはさっぱりだが、情報収集には余念のない松浦《まつうら》さんである。

「どうしてデビュー前なのに話題になってるのよ」

「出身はコスプレ界隈《かいわい》で、そこからアイドルになるとか、声優になるとか、メディアで取り上げられてるもの。以前からファンやフォロワーの数が段違いに多かったし、その関係で色々と人が動いたんだと思う」

「あっ、言われてみると、どこかで見たような気がするかも」

「ニュースにもなってたし、そういうので見たんじゃないの？」

ピンク色の艶《つや》やかな頭髪が記憶に残っていたのだろう。委員長も過去に見聞きしたニュースやゴシップ記事を思い起こした。名前や立場こそ知らなくとも、チラリとは視界に収まったことがあったようだ。

そんな人物とレッスンを共にしていることに、志水《しみず》はアイドル道を実感する。

「この中だと一番、デビューに近い新人なんじゃない？　っていうか、まず間違いなく既定路線だと思うけど。ゼロから新人を育てるより、ああいうのを拾ってきた方が確実だし、会社の人も上司を説得する材料になるから」

「そういう舞台の裏側は、あんまり知りたくなかったなぁ……」

「あと、凄《すご》く性格が悪いらしいんだよね。傲慢で猫かぶりって噂《うわさ》。専属のカメコを何人も囲っていて、自分を撮る為《ため》に高いカメラを買わせたり、色々と貢がせたりしてたらしいよ？　完全にド外道ってやつ」

「………………」

それって松浦さんと同じじゃん。

委員長は声に出そうになった本音を、危ういところで飲み込んだ。

同時に目の前の彼女が、思ったよりも色々と考えていることに驚いた。

「松浦さんって、そういうの詳しいの？」

「悪い？」

「別に悪いとは言ってないじゃない」

「業界研究くらい普通でしょ？　委員長の受験勉強と同じだし」

「そ、そう……」

ここ最近、学校では怠惰も極まっていた松浦さん。だからこそ、ダンスの練習でみせた根性と合わせて、やる気に満《み》ち溢《あふ》れているように思われる姿は、委員長的にも新鮮に映った。少しだけ彼女のことを見直した次第である。

アイドル云々《うんぬん》、付き合ってよかったかも、とは生真面目な彼女の素直な思い。

まさかホスト遊びで尻に火がついたが故の奮闘とは思わない。

そうして二人が眺める先で、西野《にしの》と来栖川《くるすがわ》アリスのやり取りは続けられる。

「自分はあちらにいる二人の候補生のマネージャーだ」

「え？　マネージャー？」

委員長と松浦《まつうら》さんを視線で指し示してフツメンが言った。

彼の発言を耳にしたことで、レッスン会場に居合わせた生徒たちの視線が、彼女たちに集まる。デビュー以前のアイドルにマネージャーが付くことは珍しい。誰もが驚いた表情で二人を見つめていた。

しかも語ってみせた人物は、自分たちと大差ない年頃の少年である。

いいや、義務教育を終えているかどうかも怪しい顔立ちだ。

話題に上げられた委員長と松浦さんにとっては、余計なおせっかい以外の何物でもない。これといって頼んだ覚えもないのに、気付いたらいつの間にやら、マネージャー枠に収まっていたフツメンだった。

今この瞬間、初めて聞かされた次第である。

声を掛けた来栖川アリスも、戸惑いを隠せずに言葉を続けた。

「え、えっとぉ、もしかして成人されていらっしゃる？」

「いいや、アンタたちと大差ない年頃だな」

「……それってどういう意味ですかぁ？」

「言葉通りの意味だが？」

「アリスって、そんな老けているように見えますかぁー？」

「違うと断りを入れただろう？　歳《とし》は十七だ」

「……………」

西野君、どうかお願いだから、それ以上は喋《しゃべ》らないで。

委員長と松浦さんの意思が類稀《たぐいまれ》なる一致を見せた。

何がどう転んだら十七歳の少年に、候補生とはいえ、アイドルのマネージャーが務まるというのだろう。フツメンの背景を知っている彼女たちならいざ知らず、面識のない相手にそんな話が通じるはずがない。

メイドカフェでのバイトとは訳が違うのだと、突っ込みを入れたくて仕方がない。けれど、二人の願いは届かない。

「ア、アリスのこと、馬鹿にしてたりしますかぁー？」

「そんなまさか？　どうか二人と仲良くしてやって欲しい」

「っ……」

西野本人は至って普通に、真面目に会話をしているつもりだった。

しかし、相手からすれば馬鹿にされているようにしか思えない。

来栖川アリスの愛想笑いが引《ひ》き攣《つ》り始める。

それもこれもフツメンの顔立ちがよろしくなかった。居合わせたのが竹内君《たけうち》であれば、多少は形になったかもしれないやり取り。似合わないスーツを着用して、偉そうに腕を組んだ彼は、中学生がイキっているようにしか見えなかった。

西野《にしの》から視線を逸《そ》らして、他人の振りをする委員長と松浦《まつうら》さん。

そんな彼女たちに来栖川《くるすがわ》アリスからは、キッと鋭い眼差《まなざ》しが向けられる。

二人とも羞恥から顔は真っ赤。

周囲からは雨あられと同じ候補生たちから視線が突き刺さる。

レッスン初日、早々に周囲から浮いてしまった委員長と松浦さんだった。

◇

◆

◇

所変わってこちらは、西野たちが宿泊している都内のホテルである。

竹内君のおしっこによって、毒に汚染されてしまったシェアハウス。その洗浄が終えられるまで、住人であるフツメンとローズ、ガブリエラの三人は、一時的に同所での生活を余儀なくされていた。

大家との調整やら何やら、細かな処理はフランシスカの仕事である。

普段なら寝起きと共に顔を合わせていた相手が、向こう数日は廊下を隔てて、オートロックにより閉ざされた客間のドアの向こう側。フツメン攻略に焦っているローズとしては、如何《いかん》ともし難《がた》い状況である。

更に言えば、ホテル内では監視カメラを扱えない。

地道に自らの足で先方の下を訪れる他にない。

すると彼女が向かった先には、既に先客の姿があった。

「お姉様、こんなところで会うとは奇遇ですね」

ガブリエラである。

余所《よそ》行《ゆ》きに着替えて片手にバッグを携えた姿は、すぐにでも外に出かけられるような格好であった。相手がどういった意図でこちらを訪れたのか、ひと目見て判断がつく。そして、ローズもまた同じような格好をしている。

「どこかに出かけるのかしら？」

「その予定でしたが、肝心の相手が留守なのです」

「あら、それは本当に？」

「しばラく呼んでみましたが、一向に反応がありません」

「事前に約束をしていたのではないの？」

「残念ながラ、アポイントメントは取っていませんでした」

西野の身の上を巡って発生した騒動と、一方的な貸し。

これをデートで返してもらおうと考えたガブちゃんだった。

しかし、いざ訪れたフツメンの部屋には人気《ひとけ》が感じられない。それどころか、お姉様までやって来てしまい、彼女としては些《いささ》か面倒な流れである。西野《にしの》と合流し次第、力ずくでも排除しようかと検討を始める。

そして、これは彼女と出くわしたローズも同様だ。

互いに牽制《けんせい》するような眼差《まなざ》しで、ジッと見つめ合う羽目となる。

「端末も電源を切っていルので、まだ寝ていルのかもしレません」

「だったら、ホテルの内線で呼び出してもらおうかしら？」

「そうですね……」

しかし、朝イチでホテルを出発した西野は、同時刻、既に委員長や松浦《まつうら》さんと合流の上、アイドルの稽古場でマネージャーごっこに勤《いそ》しんでいる。端末についても、現場の迷惑になってはならないと、しっかり機内モードだ。

ローズとガブリエラからすれば、青天の霹靂《へきれき》。

まさかそんなことになっているとは思わない。

そうしてフツメンの部屋の前、二人があぁだこうだと言い合っていると、廊下の曲がり角から人が近づいてきた。掃除道具やアメニティグッズの収まった、大きなワゴンを押している。ホテルの制服姿から察するに、客室清掃員だろう。

三十代中頃ほどと思《おぼ》しき女性だ。

相手は二人のすぐ傍《かたわ》らで歩みを止めると、彼女たちに声を掛けた。

「失礼ですが、こちらの部屋のお客様でしょうか？」

「いいえ、違うわ」

「この部屋に何か用事なのですか？」

「差し支えなければ、お掃除をさせて頂きたいのですが……」

先方の発言を受けて、ローズの眉がピクリと動いた。

自《おの》ずとその口からは疑問の声が漏れる。

「ということは、この部屋の利用客は留守なのかしら？」

「外出のご連絡と合わせて、お部屋の清掃を任されておりますが……」

客室清掃員の口から、西野の不在が二人に伝えられた。

こうなると聞き捨てならないローズとガブリエラである。

彼女たちからは矢継ぎ早に疑問の声があがった。

「それっていつ頃のことなのかしら？」

「行き先は聞いていますか？」

「申し訳ありませんが、お客様の情報はお伝え致しかねます」

「この部屋に泊まっている子は、同じ学校に通っている友達なの。今日は一緒に出かける約束をしていたのだけれど、連絡がつかなくて困っているわ。お願い、どうか教えてもらえないかしら?」

相手の情に訴えかけるように、弱々しくも語ってみせるローズ。

ガブリエラ的には、お姉様、気持ち悪いです。

しかし、それで西野《にしの》の所在が判明するのであれば、わざわざ邪魔をすることもない。黙って二人のやり取りを眺める。すると先方も、彼女の言葉を素直に信じたようだ。少しばかり悩んでから、客室清掃員の女性は言った。

「朝のかなり早い時間帯に、フロントまでご連絡を頂戴しました」

「行き先はどうかしら?」

「すみませんが、そこまでは私どもも把握しておりません」

相手が年下の子供だとしても、お客様とあらば丁寧に受け答え。

都内有数の高級ホテルとあって、スタッフの振る舞いは徹底されていた。そうした先方の態度から、これ以上は発言の真偽に関わらず、どれだけ尋ねたところで無駄だろうとローズは判断した。

「ありがとう。他を当たってみることにするわ」

「コレは情報料です」

感謝の言葉を述べて、すぐさま踵《きびす》を返したローズ。

その傍《かたわ》らでガブリエラは、バッグから財布を取り出すと、客室清掃員の女性に紙幣を握らせた。高級ホテルという場所柄、相手もチップを受け取ることには慣れている。しかし、予期せず与えられた高額紙幣には驚いた。

「あ、いえ、あのっ……」

そして、戸惑う客室清掃員に構わずローズの後を追いかける。

こと人探しにおいては、何かと有能なお姉様である。目当ての人物を見つけるまでは、行動を共にしていた方が得だと考えたようだ。頼られた側としては甚だ迷惑な話だが、力関係の都合から、無理に遠ざけることも叶《かな》わない。

そうして以降も、行動を共にすることになった二人である。

放っておくとすぐにどこかへ行ってしまうフツメン。

その背を追いかける彼女たちにとっては、まこと大変なことだ。

◇　◆　◇

委員長と松浦《まつうら》さんのアイドル候補生生活は、初日から暗礁に乗り上げた。

原因は来栖川《くるすがわ》アリスと険悪になってしまった西野の存在。

どうやら彼女は二人が組み込まれたクラスにおいて、候補生たちの中心に位置する人物であったようだ。二年A組の教室内がそうであったように、同所にも仲良しグループが存在していた。候補生たちによるカーストが形成されていた。

これに馴染《なじ》む間もなく、二人との関係をフツメンが木っ端微塵《みじん》に。

本人は気付いていないが、来栖川《くるすがわ》アリスは初見で西野《にしの》が嫌いになった。自《おの》ずと彼がマネージングしているという二人のことも嫌いになった。それもこれも顔面偏差値に見合わない、シニカルで気取った態度が悪い。

皆、それが大嫌いなのだ。

結果的に彼女が抱いた苛立《いらだ》ちの矛先は、委員長と松浦《まつうら》さんに向けられた。

養成所の食堂で昼食を挟んでから、午後のレッスン。

事務所に所属している先輩アイドルの楽曲が、リズム良く稽古場に響き渡る。午前中に確認した振り付けを利用しての実践的なダンスのレッスン。生徒たちは各々に配分された役割に従い、部屋を舞台に見立てて動き回る。

そこで早速、先方からアプローチがあった。

全身汗まみれ、ハァハァと息も荒くフロアを駆ける松浦さん。

彼女と交差するように進路を取った来栖川アリスの足が動いた。

ほんの僅かばかり、相手の足首を撫《な》でるように爪先が触れる。

「っ……」

体力のみならず、バランス感覚も残念な彼女は、盛大にスッ転んだ。ビタンといい音を立てて、稽古場の床に倒れる羽目となる。

一緒に踊っていた生徒たちも、一様に動きを止めて彼女に注目。

音楽が止められると共に、講師の女性からすぐさま声が上がった。

「松浦さん、大丈夫ですか？」

「……だ、大丈夫です」

これにどうにか返事をしつつ上半身を起こす。

すると彼女の面前にスッと手が差し伸べられた。

「ごめんなさぁーい！　アリス、今ちょっと進行方向に戸惑っちゃって」

そこには満面の笑みを浮かべた、来栖川アリスの姿がある。

発色の良いピンク色のツインテールが、彼女が語るのに応じてユラユラと揺れた。比較的小柄な体形も手伝い、傍目《はため》には無邪気な子供のように映る。見た目の愛らしさも手伝い、非難することに抵抗を覚えるような振る舞いだ。

「…………」

笑顔の裏に故意を確信して、業腹の松浦さんである。

けれど、本気でアイドルを目指している彼女だから、この場で騒動を起こす訳にはいかない。相手は既に大勢のファンを抱えている人物。同じように暴力に訴えたのなら、負けるのは自分だと、聡《さと》い彼女は勝負をする前から理解していた。

無言のまま、相手の手を取ることなく立ち上がる。

会釈の一つもせず、来栖川《くるすがわ》アリスから距離を取るように歩む。

「あのクソ女、いつか殺す」

「松浦《まつうら》さん、気持ちは分からないでもないけど、言葉遣いが最悪」

ボソリと小さな声で、委員長に愚痴をもらす松浦さん。

志水《しみず》からも来栖川アリスの足の動きは見えていた。

しかも稽古場の隅に立っていた講師や西野《にしの》からは見えないように、他の生徒が間に入った瞬間を狙っての行いであった。静止した生徒たちの位置関係から、委員長はその事実に気付いた。頭の回りが早い娘《こ》なのね、とかなんとか。

一方で賑《にぎ》やかなのが、彼女たちのマネージャーである。

深刻そうな表情でパタパタと、駆け足で二人の下まで駆け寄ってきた。

「松浦さん、大事になっては大変だ。すぐにでも処置をしよう」

「そういうのいらないから、西野君は黙って見てて」

「だが……」

「駄目そうだったら自分で言うし、隅の方で大人しくしててよ」

「……分かった。しかし、辛《つら》かったらどうか素直に言って欲しい」

食い下がる諸悪の根源に対して、ジロリと睨《にら》みを利かせる。

それもこれもお前のせいじゃないのかと。

なんとなく先方の心情を察している松浦さんだった。

自分が同じ立場にあったら、きっとそうするだろうからと。

そして、本人からこのように言われてしまったら、西野も無理強いできなかった。お呼びじゃないマネージャーは、元いたとおり部屋の隅に引っ込んだ。壁に背中を預けて、格《かっ》好《こ》つけた腕組ポーズ。

稽古場を共にしている生徒たちの間では、ヒソヒソと言葉が交わされる。

講師との間でも確認が取れたことで、ダンスのレッスンは再開。

再び音楽が流れ始める。

生徒たちがダンスを踊り始める。

すると数分と経《た》たぬ間に、再び来栖川アリスに動きが見られた。

松浦さんとのやり取りで気分を良くしたのだろう。

今度は委員長に対してアプローチである。

先程と同様、接近する機会を狙って、相手の進行方向に足先を伸ばす。

「っ……」

しかし、今度は相手が悪かった。

志水《しみず》はこれを華麗に回避。

試験の点数と反比例するように、身体《からだ》の調子がよろしい彼女である。

ただし、本来であれば着地するべきであった地点を過ぎて、無理に引き上げられた足は、これを下ろすのに十分な距離を取ることができない。直下に伸びていた来栖川《くるすがわ》アリスの爪先を、シューズの踵《かかと》で踏みつけることになった。

「んぎぃぃぃっ！」

悲鳴は仕掛けた側の口から発せられた。

アイドルらしからぬ声色だ。

「あ、ごめん……」

直後には委員長の口から謝罪の声が。

大慌てで飛び退《と》いた後者の傍《かたわ》ら、前者は悶絶《もんぜつ》しつつしゃがみ込んだ。両手で踏みつけられた足を庇《かば》うように背を丸める。アイドルらしからぬ悲鳴に相応、委員長の踵は狙ったように、相手の指先を踏み抜いていた。

「く、来栖川さん、大丈夫ですか⁉」

「……だい、じょうぶでぇす」

音楽が止められると共に、講師の女性からすぐさま声が上がった。

共に踊っていた生徒たちも、ピタリと動きを止めて彼女に注目。

皆々の視線を受けて、来栖川アリスはすぐさま顔を上げた。

「これくらい、ぜ、ぜんぜん平気ですからぁ！」

眦《まなじり》に涙を浮かべつつも、必死に笑みを浮かべている。

意地でも無様な表情は晒《さら》すまいという強い思いが窺《うかが》えた。

西野《にしの》マネージャーからも、遠くから気遣いの声が届けられる。

「もしよければ、病院までタクシーを呼ぶが……」

「け、結構ですからぁ！　アリス、ぜんぜん大丈夫だもぉん！」

フツメンの真意はどうあれ、先方には嫌味《いやみ》にしか聞こえない。

しかも松浦《まつうら》さんと比べて、若干グレードの下がった対応だ。

苛立《いらだ》ちを力に変えて、来栖川アリスはその場にすっくと立ち上がった。そして、踏まれた方の足を庇いながら、ひょっこひょっこと稽古場を移動していく。彼女が向かった先は練習曲のスタート地点。

「もう一回、最初からお願いしまぁーす！」

心配そうに彼女を見つめる講師の女性、これに声も大きく訴える。

本人の主張を受けて、他の生徒たちも元いた場所に戻っていく。

委員長と松浦さんもこれにならって配置に向かう。

その只中《ただなか》、前者の傍らに歩み寄った後者が、耳元でボソリと呟《つぶや》いた。

「委員長、やるじゃん。今のなかなかスカっとした」

「い、言っておくけど、故意じゃなくて偶然だからね？」

よくやったと言わんばかり、珍しくも委員長のことを褒める松浦《まつうら》さん。

その顔にはニヤニヤと厭《いや》らしい笑みが張り付いている。

当の志水《しみず》としては、相手の足を避《よ》けるつもりであったところ、予期せず踏んづけてしまった訳であるから、申し訳なさが先に立つ。松浦さんの敵《かたき》を討つような真似《まね》は、決して考えていなかった彼女だ。

だが、先方にはそうした委員長の真意も伝わらない。

「ぜったい許さない、ぜったい許さない、ぜったい許さない」

配置に付いた来栖川《くるすがわ》アリスは、涙目で二人のことを睨《にら》みつける。

可愛《かわい》らしい口からは、小さな声でボソボソと怨恨が漏れ続けた。

こうなると両者の確執は深まるばかり。

それもこれも西野《にしの》が格好《かっこ》つけたせいである。

◇ ◆ ◇

その日、マーキスが経営する六本木《ろっぽんぎ》のバーでのこと。

営業開始からしばらくの後、酒を嗜《たしな》むには背格好の足りていない客人がやってきた。ブロンドとシルバー、派手な色合いの頭髪のロリータが二名。彼女たちは店内にお客の姿が見られないことを確認して、カウンターに立ったバーテンに詰め寄った。

「ちょっと貴方《あなた》に聞きたいことがあるのだけれど」

「知っていることがあれば、素直に答えてください」

ローズとガブリエラである。

日中、西野《にしの》の行方を追いかけて、都内を東奔西走するも成果はゼロ。貴重な休日をガールズデートに浪費してしまった二人だ。ここ最近、西野と一緒に過ごす時間よりも、目の前の相手と過ごす時間が増えた気がするとは、彼女たちもなんとなく感じている。

「あの男だったら、ここには来ていないが?」

即座に先方の用件を察したマーキスは、やれやれだと言わんばかりの態度で二人に応じた。この手の問い掛けを受けるのは決して初めてではない。過去にも似たようなやり取りを繰り返していたバーテンだ。

二人からは矢継ぎ早に質問が浴びせられる。

「行き先に心当たりはないかしら?」

「直近で何か、それっぽい話を聞いていたりはしませんか?」

「アンタたちには悪いが、まるで見当がつかないな」

マーキスは手元にあったグラスを取ると、布巾で磨き始めた。既に十分磨き終えて、あとは棚にしまうばかりであったものだ。しかし、手持ち無沙汰にしていると、また妙な仕事を頼まれそうだったので、仕事をしている振りである。

そんな彼の正面、カウンターの前に立った二人は顔を曇らせる。

原因は未《いま》だホテルにさえ戻っていない西野の存在。

既に日も暮れて久しい時間帯、夕暮れと共に日中のお出かけを諦めた二人は、宿泊先に戻って彼のことを待っていた。しかし、待てど暮らせどフツメンが戻ってくることはなかった。フロントにも再三にわたって確認済みである。

ちなみに当の本人は、委員長や松浦《まつうら》さんのレッスンが終えられると共に、彼女たちと別れてネットカフェに移動。業界研究と称して、アイドルの映像作品を片っ端からチェックしている。与えられた仕事に対しては、とことん真面目な西野である。

そこに気になる異性の姿があれば、尚《なお》のこと熱も入った。

今晩は泊まり込みで挑む気概の西野マネージャーだ。

「もしも彼がここに来たら、連絡をもらえないかしら？」

「あ、お姉様ズルいです。でしたラ私にもお願いします」

「それは構わないが……」

そうした時分のこと、カランコロン、来客を知らせる鐘の音が響いた。

自《おの》ずと三人の意識もお店の出入り口に向けられる。

するとと開かれたドアの先、顔を見せたのは太郎助《たろうすけ》だった。

高級ブランドのスーツを着用の上、中折れ帽子とサングラスを身に着けている。そっと店内を覗《のぞ》き込《こ》むように現れた彼は、フロアにローズとガブリエラの姿を確認して、ピシリと頰《ほお》を強張《こわば》らせた。未《いま》だ苦手意識が大きいようだ。

それでも店内に向かい、恐る恐るといった様子で足を進める。

向かった先はカウンター前の中程に立つ二人から、一つ席を挟んだ辺り。

そして、グラスを磨くマーキスに対して、芝居がかった挨拶を一つ。

「よ、よぉ。仕事が早く終わったから、来てやったぜ」

「一瞬でも期待をして損したわ」

直後にはローズより辛辣な反応が届けられた。

またアンタか、と言わんばかりの眼差《まなざ》しはマーキスから。

そうした二人とは対照的に、率先して声を上げたのがガブちゃんだ。

「せっかくなので、貴方《あなた》にも確認したいことがあります」

「な、なんだ？　俺になにか用事か？」

「今現在、西野五郷《にしのごきょう》がどこに居ルか知りませんか？」

「おぉっと、そいつは奇遇だな」

「奇遇？　ソレはどういったことですか？」

「こっちもアイツのことで、アンタたちに相談があったんだよ」

バーに居合わせた面々を順に眺めて、太郎助は言った。

その発言を耳にしたことで、他所《よそ》に向かわんとしていたローズとマーキスの意識が、すぐさま彼の下に戻る。面々の顕著な反応を確認して、イケメンは本日、同所を訪れた理由を三人に説明し始めた。

曰《いわ》く、西野がアイドルのプロデュースを始めた。

しかも、クラスメイトを売り出そうとしている。

共通の知り合いということで、業界の偉い人から西野の動向について、確認を受けていた太郎助だった。ブレイクダンス同好会を巡る騒動から、彼とフツメンの関係は偉い人も把握していたようだ。

彼自身にしてみれば、寝耳に水。

同時に西野の本業を思えば、下手に受け答えすることも憚《はばか》られる。

そういった経緯も手伝い、事実関係の確認に訪れたらしい。

これにはローズとガブリエラ、更にはマーキスも驚いた。

「彼は一体なにがやりたいのかしら？　意味が分からないのだけれど」

「そ、それを俺に言われても、困るんだが……」

残念ながら彼女たちも、フツメンの行いについては知らなかった。

むしろ、太郎助《たろうすけ》から伝えられた話を耳にして驚いたほど。

アイドルの卵を漁《あさ》りに行ったのかしら、とはローズの脳裏に浮かんだ推測である。しかし、学校の知り合いを巻き込んでいる時点で疑問が浮かぶ。わざわざ自らの立場を不利にするような行いではなかろうか。

マーキスは我関せずを貫くよう、無心でグラスを磨いている。

「クラスメイトを巻き込んでいるなんて、彼らしくないわね」

「彼の方が誘われて始めたのではありませんか？」

「そんなに現実の見えていない子たちだったかしら？」

脳裏に志水《しみず》の姿を思い描いて、ローズはギュッと拳を握った。

あの泥棒猫が、とは彼女の胸中で吐かれた委員長に対する罵倒。けれど、それは本人にとって一方的な愚痴であり、双方が共に相手を意識しているとは、まさか夢にも思わない。

昨今、当たらずとも遠からずな泥棒猫のポジションだ。

そして、太郎助にも西野《にしの》の動向を無視できない理由があった。

来栖川《くるすがわ》アリスの存在である。

西野に対するヘイトから、委員長と松浦《まつうら》さんに絶賛アプローチ中の彼女。その立場は彼とも無関係ではなかった。新人アイドル、大物ミュージシャンがプロデュース、そんな説明が太郎助からローズたちに続けられた。

「貴方《あなた》の名前で売り出す予定のアイドル？　なによそれは」

「こっちで曲とか販促とか、色々と用意しているんだけどさ……」

「だったラ何だというのですか？　話が見えてきません」

「西野の知り合いも、同じ養成所のクラスに突っ込まれたらしい」

「それで？」

「ここだけの話、ヤラセなんだよ。早い話がこっちで担当している候補を華々しくデビューさせる為《ため》だけに人を集めたクラス。だから、西野が何を考えているのかは知らないけど、このままだと何の意味もないっていうか……」

「そレが色々と用意していルということですか」

「お、俺が考案した訳じゃないぞ？　出来レースなんてよくあることだし」

「貴方の上司はどうしてわざわざ、そんなことをしたのかしら？」

「アンタたちに関わるのが嫌で、こっちに丸投げしたんだろう」

太郎助の言葉通り、西野の相手に忌諱《きき》感を覚えた業界の偉い人の魂胆である。率先して相手をするような真似《まね》は避けたい一方、下手な人物に任せて騒動になったら、それはそれで大変なことだ。

そうして考えると、太郎助は便利な立ち位置にあった。

都合よく使われてしまった部下である。

利用するにせよ排除するにせよ、あとは君の責任で任せた、とは偉い人から直々に伝えられた職務命令。正しく空気を読んだのなら、できれば円満に排除して欲しいという、上司からの圧が感じられる指示だった。

おかげで本日、太郎助《たろうすけ》はマーキスの下まで足を運んでいた。

「そういった訳で、アイツの意思が知りたかったんだが……」

「だとしたら御生憎様《おあいにくさま》、むしろ私たちの方が知りたいわよ」

「連絡とか、と、取れないのか?」

「昼から連絡が付かないのよね。いったい何をしているのかしら」

「ここを訪レル前にも連絡を入レましたが、一向に反応がありません」

稽古場への入室時に機内モードとなったまま、ずっと放置されているフツメンの端末。

本人もそのことを忘れており、今はネットカフェでの業界研究に夢中である。再び電波を掴《つか》み始めるのは、当分先になりそうだ。

お互いの状況を交換したことで、フロアの会話が途切れる。

このタイミングを見計らって動いたのがローズだ。

ニコリと笑みを浮かべて、彼女は太郎助に語りかける。

「ところで、もしよければ貴方《あなた》の手伝いをしてあげてもいいわよ?」

「えっ……ど、どういうことだ？」

「困っているのでしょう？　どうしても彼に遠慮をしてしまうから」

「困っちゃいない。ただ、できることならアイツの意思を尊重して……」

「西野《にしの》君と彼のクラスメイトは、アイドルの夢を諦めて日常に戻る。貴方は当初の予定どおり、その何とかというコスプレ女をデビューさせる。いいじゃないの、それこそが一番円満で、皆が幸せになれる流れだと思うわ」

シェアハウスという共存環境が失われた今、意中の相手と共に過ごす機会は大幅に減ってしまった。しかも他の女が先んじているとあらば、これに首を突っ込まない手はないと考えたローズである。

また、万が一にもアイドルとして成功してしまった日には、それはそれで大変なことである。二人と西野の距離感は縮まることだろう。これが理由で親密な仲になるかも、とは否応《いやおう》なく想像される。

「……わ、分かった。ただ、まずは事情の確認を優先して欲しい」

「ええ、分かっているわ。貴方の顔に泥を塗るような真似《まね》はしないから」

「なルほど。そういうことでしたラ、私も協力させてもラいましょう」

ローズ、いと怖し。

しかも本日はガブリエラ付き。

太郎助《たろうすけ》はカウンターの向こうに、縋《すが》るような眼差《まなざ》しを向けた。
しかし、バーテンはグラス磨きに夢中。
断ることもできなくて、思わず頷《うなず》いてしまったイケメンである。

〈アイドル　三〉

週末、委員長と松浦《まつうら》さんは休日を終始、養成所のレッスンで過ごした。

二人に付き従う西野《にしの》も同様である。

取り分け後者については、彼女たちがレッスンを終えてからも、宿泊先のホテルに戻ることなく、近所のネットカフェに日を跨《また》いで籠もり、アイドル映像を片っ端からチェックするという熱の入りっぷり。

気分は敏腕アイドルプロデューサー。

必死になってダンスの練習に励む二人に感化された西野Pだった。

そうして訪れた翌週の月曜日、ホテルに戻り身支度を整えての登校。

すると、二年A組の教室に到着した彼の目に珍しい光景が入った。

委員長の席の正面に立った松浦さんの姿である。

一瞬、朝っぱらから喧嘩《けんか》かと身構えたフツメンだ。ここ最近、なにかと言い合いの絶えない二人だ。朝の挨拶運動もおざなりとなり、彼の意識は彼女たちの間で交わされているやり取りに向けられた。

「いきなり教えてって言われても、そんな急に無理だから」

「せめて軽減する方法とかない？　全身バキバキなんだけど」

「日頃から運動してないからでしょ？　仕方がないじゃない」

「今日のレッスン、絶対に死ぬでしょこれ」

「だったら諦めれば？　こんなことで死んだら勿体《もったい》ないよ」

「それ酷《ひど》くない？　だから委員長にお伺いを立ててるんだし」

しかし、聞こえてきたのは何気ない日常会話の一端。

端々に棘《とげ》は感じられるが、喧嘩《けんか》というほどではない。

西野《にしの》は自席に向かいがてら聞き耳を立てる。

話題の全容は早々にも明らかとなった。

慣れない運動が祟《たた》って、全身が筋肉痛の松浦《まつうら》さん。それでも本日の放課後にはレッスンが控えている。そこで何かいい手はないかと、委員長に相談を持ちかけたようであった。

これまでの二人の関係を思えば、かなり奇異に映る光景だ。

クラスメイトからも少なからず、注目を浴びている。

アイドルの養成所での出来事を受けて、少しだけ距離感が縮まった二人だった。会話の具合からして、松浦さんが委員長に対して、若干の歩み寄りを見せている。寄られた方としては、困惑しつつの応対だろうか。

ちなみに以前まで委員長と行動を共にしていた、仲良しグループの女子三名は、シェアハウスでの騒動以降、一人の例外なく学校を休んでいる。志水《しみず》としては不安を覚える一方で、どこかホッとしてもいたりする。

近い将来、他所《よそ》の学校に転校する予定の三人だ。

このあたりはフランシスカの仕事である。

そうこうしていると、二人の下をリサちゃんが訪れた。

「おはよう、委員長！　っていうか、松浦さんと何の話してるの？」

「松浦さん、筋肉痛が酷いからどうにかしてくれって……」

「え、筋肉痛？」

キョトンとした顔になるリサちゃん。

これまでと同様、松浦さんが委員長にウザ絡みしているのかと、気を利かせた彼女である。けれど、戻ってきた返事はまるで想定外のもの。なにがどうしたとばかり、疑問に首を傾《かし》げる羽目となった。

これに構わず、今度はリサちゃんに向き直る松浦さん。

「そういえば、リサちゃんも運動、得意だったよね？」

「得意かどうかは定かじゃないけど、好きは好きだよね」

「いきなりであれだけど、筋肉痛をどうにかする方法とか……」

自身の進退が懸かっていることも手伝い、なりふり構っていられない松浦さんであった。

つい数日前には大喧嘩をしていたにもかかわらず、率先してリサちゃんに絡む。しかも割と真面目なやり取り。

こうなると二人もなかなか無下にはできない。

三人してああだこうだと、松浦《まつうら》さんの筋肉痛を巡って議論。

事情を知らないクラスメイトからすれば、これまた妙な光景だった。

そして、妙なのは彼女たちに限らない。

時を同じくして教室の別所では、剽軽者《ひょうきんもの》の席を訪れる竹内《たけうち》君の姿があった。教室内での発言こそ多い一方、カースト上位との直接的な接点は少ない前者はカースト中間層。だからこそ、後者から能動的に声を掛けられるような機会は稀《まれ》だった。

「荻野《おぎの》、先週に頼まれてた参考書だけど、これでよかったか？」

「あ、それそれ！　ありがとう、竹内。めっちゃ助かるよ」

「っていうか、今使ってるのもかなりレベル高くない？」

「まだまだ始めたばかりだから、これからって感じだけどさ」

「こっちもそろそろ、受験に向けて本腰入れていかないとなぁ……」

以前までであれば、碌《ろく》に挨拶を交わすこともなかった二人が、和気あいあいと共通の話題で盛り上がっている。しかもそうして言葉を交わしている場所は、竹内君の席ではなく剽軽者の席だった。椅子に座っているのも後者である。

誰が誰の席の周りに集まっている。

椅子に座っているのは誰だ。

それは教室内の人間模様を表現する一種のバロメーター。

夏までとは何かが違って感じられる教室内の雰囲気だった。

少しずつだが、在り方を変えていると思われる二年A組のカースト模様。

「…………」

その原因となった人物は、松浦さんが委員長やリサちゃんと交流する様子を目の当たりにして、まるで眩《まぶ》しいものでも眺めるかのように目を細める。そして、人知れず満足感を覚えつつ自席に向かう。

一つ、教室内の問題を解決した気分でいる西野《にしの》だった。

松浦さんからの頼みを引き受けて良かったと、軽く自己満足に浸る。

けれど、そうした教室の変化を快く思わない生徒もいる。

鈴木《すずき》君だ。

彼は竹内君の下に歩み寄り、声も大きく話しかけた。

「竹っち、今日の放課後って暇？　皆でカラオケいかね？」

「悪い、今日はちょっと他に予定があるんだよ」

「マジ？　先週もそうだったし、最近付き合い悪くない？」

正面に座った剽軽者には、チラリとも視線を向けない。親友が仲良しグループ以外の生徒と楽しげにしているのが気に入らなければ、話題に上がっているのが自身の嫌いな勉強であることも不服な鈴木《すずき》君である。

仲間外れにされているような感覚を覚えた次第だった。

「埋め合わせはするから、今週は勘弁。どうしても外せない予定でさ」

「本当かよ？　前にも同じようなこと聞いた気がするんだけど……」

そんなこんなで、朝の慌ただしい時間は過ぎていく。

◇◆◇

同日、昼休みの始まりを知らせるチャイムが鳴って間もない時分のこと。

ローズとガブリエラは二年A組を訪れた。

彼女たちは西野《にしの》の姿を席に確認して足を向ける。

教室内にはフツメンの他にも、大勢の生徒が見受けられた。二人の鮮やかな頭髪を視界に収めて、周囲からはチラリチラリと視線が与えられる。これに構わず、彼女たちは彼の席に向かって一直線。

しかし、そうした彼女たちより少しだけ早く、彼の前に立った人物がいた。

「西野君、ちょっと付き合ってくれない？」

「なんだ？　松浦《まつうら》さん」

自席に座った西野を、正面から見つめる位置取り。

着崩された制服と少し派手になったメイクは、以前までの大人しさから打って変わって、遊び慣れている今どきの女子高生、といった出《い》で立《た》ちだ。どちらかというと、リサちゃんの仲良しグループに近い雰囲気が感じられる。

「前に屋上でした約束、昼休みにどうかなと思ったんだけど」

「……約束？」

「放課後は忙しいし、レッスン後は疲れてそれどころじゃないから」

意味深な二人のやり取りを耳にして、ローズとガブリエラは一時停止。

二席分ほどの距離を設けて様子を窺《うかが》うことに。

都合上、すぐ傍《かたわ》らには自席に座った委員長という位置関係だ。

志水《しみず》も松浦さんのアクションを受けて、二人の動向に注意を向ける。

これは他のクラスメイトも例外ではなく、教室の随所から注目を浴びていた。

「委員長やリサちゃんが言うには、軽い運動が筋肉痛に効くみたい」

「…………」

軽い運動というのが、具体的にどういったモノであるのか。

松浦さんとの過去のやり取りを思い起こして、西野は理解した。

おせっせのお誘いである。

以前と比べて、派手に短く巻かれた制服のスカート。膝上二十数センチ。その裾がフツメンの席の天板に触れている。彼女が身動《みじろ》ぎするのに応じて、ひらひらと小刻みに動いては、その先に控えた太ももや下着を予感させる。

まさかクラスメイトの面前で誘われるとは思わなかった童貞野郎。

すぐ近くに委員長の姿を確認して、丁重にお断りの言葉を述べる。

「いや、そういうことであれば結構だ」

「え、なんで？」

「見返りを求めていた訳じゃない」

松浦《まつうら》さんとしては、どうやら想定外の返事であったようだ。

驚いた表情で目の前の人物を見つめる。

なんたって過去には、繰り返しアプローチを受けている。

自分が誘えばすぐにでも襲いかかってくると考えていた。

他方、屋上でのやり取りを知らない面々からすれば、何の話やらサッパリである。そもそも松浦さんから西野《にしの》に絡むという状況が稀有《けう》なこと。先週の出来事と合わせて、何がどうしたとばかり、勘ぐり始める。

「だけど前に、教室で委員長に言ってたじゃん」

「何の話だ？」

「西野《にしの》君、私とはイーブンな取り引きだって」

「たしかに言った。だが、それがどうした？」

「それってつまり、期待してたってことでしょ？」

西野のコネが本物だと理解した今、松浦《まつうら》さんのお股はフルオープン。むしろ毎日でも致して、目の前の相手を繋《つな》ぎ止めんとしていた。己に利益があると判断したのなら、フツメンが相手でも一切躊躇《ちゅうちょ》がない。

けれど、そうなったら困ってしまうのが西野だ。

「勘違いしないで欲しい、他にメリットがあるということだ」

「なにそれ？　意味が分からないんだけど……」

咄嗟《とっさ》に漏らしていた過去のシニカルに、自らの首を締め付けられるフツメン。すぐ近くに志水《しみず》の視線を感じて、早々にも否定の声を上げる。本日の朝方にも、そのメリットとやらを感じていた彼だから、決して嘘《うそ》は言っていない。

だが、松浦さんからのお誘いに、ドキッとしてしまったのも事実。

そうこうしている間に、痺《しび》れを切らしたのがローズである。

「何の話をしているのかしら？　私も交ぜて欲しいのだけれど」

「あ、そういうことなラ、私も交ぜてください」

しばらく様子を窺《うかが》っていたが、門外漢には一向に事情が知れない。

ならば致し方なし、真正面から突撃である。

彼女に倣って、ガブリエラもすぐ隣に並んだ。

ただ、昨今の松浦さんは二人が相手であっても躊躇しない。

「交ぜるも何も、別にそう大した話じゃないから」

ひらひらと手を小さく振って、小気味よく答える。

すべてを失った彼女だから、もはや学内に怖いものはなかった。無敵の人となった松浦さんは、相手が誰であろうと塩対応が常である。例外は好みの顔立ちをしたイケメンと、自己の利益に寄与しそうな相手だけ。

ローズとガブリエラはその対極に位置する存在だ。

「あら、そうなの？　貴方《あなた》から話し掛けていたようだけれど」

「西野君と話があるようなら、好きにすれば？」

相手が他の生徒であれば、少なからず苛立《いらだ》っただろう松浦さんの発言。

けれど、学内カーストなど何処《どこ》吹く風のロリータ二名だから、良くも悪くも彼女の立ち振る舞いなど知ったことではない。むしろ単刀直入かつ素っ気ない態度は、下手に感情的になられるよりやり易《やす》い。

「そっちの用事はよかったのかしら？」

「別に明日でも、明後日《あさって》でも、いつでもできる話だから」

松浦《まつうら》さんのみならず、ローズとガブリエラが西野《にしの》の席の周りに並んだ。

その後方からは彼女たちの背中越しに志水《しみず》の視線。

こうなるとフツメンとしては、色々と考えてしまう。

委員長の前で他所《よそ》の女と仲良くするのは申し訳が立たない、とかなんとか、付き合っている訳でもないのに、偉そうなことを考え始めている。告白された訳でもないのに、心中では既に彼氏面。先程から彼女を意識して止《や》まない童貞である。

そして、実際に少しイラッとしてしまった志水はツンデレ。

同時にその事実を理解して、悶《もだ》える羽目となる。

そんなんじゃないの、私はそんなんじゃないんだから。

別に西野君のことなんて、好きとかそういうのじゃなくて、云々《うんぬん》。

「悪いが、席を外させてもらう」

周囲へ突き放すように言って、自席から立ち上がるフツメン。

早足でツカツカと教室を出ていく。

その背中にローズから声が掛けられた。

「どこに行くのかしら？」

「トイレだ」

委員長愛用の教室脱出メソッドを利用して、現場からエスケープである。

ネットカフェに泊まり込んでのアイドル研究もそうであったように、意識してローズやガブリエラから距離を設けているここ数日の西野。それもこれも委員長のことを意識しまくっているが故である。

こうなると彼女たちも、フツメンの行いに疑問を浮かべずにはいられない。

過去にも何かとしょっぱい態度が見られた彼ではある。

しかしながら、最近は今までにも増して顕著なのではなかろうかと。

「お姉様、また何か彼に嫌われるようなことをしたのでは？」

「それは貴方《あなた》じゃないのかしら？」

まさか自分を意識しているからだとは、夢にも思わない委員長である。

◇◆◇

平日も学業を終えたのなら、放課後はレッスンの時間である。

その日も委員長と松浦さんは渋谷《しぶや》にある養成所を訪れた。

当然のように西野マネージャーも付き添っている。

フツメンの同行に対して、委員長はツンツンと反発を見せたが、松浦さんがデレデレと許容した。後者としては、フツメンの存在が傍《かたわ》らにあることで得られるメリットは大きい。同行させない手はなかった。

ロッカールームで練習着に着替えを終えた二人は、稽古場で他のアイドル候補生に交じって身体《からだ》を動かす。昨日までに覚えた振り付けで、講師の女性の指示に従い、音楽に合わせてダンスを踊る。それも幾度となく繰り返し踊る。

かなりハードな練習風景だ。

すぐさま汗だくとなり、ハァハァと息を荒くし始める松浦《まつうら》さん。

対照的に軽快なステップで、周囲の生徒から抜きん出て見える委員長。

後者のスパッツ姿は、西野《にしの》的に眼福であった。

稽古場の隅から眺めているだけで、幸福感が全身を満たしていく。放課後、部活動を共にしているかのような感覚を覚えるフツメンだ。あるいはそれも、近い未来の出来事なのかもしれない、などと贅沢《ぜいたく》なことを考え始める。

春が青いと一人静かに噛《か》みしめる。

そして、志水《しみず》のバイタリティに溢《あふ》れた力強いダンスは、他の生徒たちに危機感を募らせるのに十分なものだった。これは将来を確約されている来栖川《くるすがわ》アリスであっても、決して例外ではなかった。

それは休憩時間の出来事である。

稽古場の隅で汗を拭ったり、水分を補給したりと、身体を休ませていた委員長と松浦さん。これといって一緒に過ごす理由はないのだが、二人とも完全にアウェイとあって、自然と近い場所に荷物をまとめていた。

そんな彼女たちの下を来栖川アリスが訪れた。

床に座り込んだ二人に対して、彼女はすぐ正面に立って言う。

「あのぉー、志水さん、ちょっといいですかぁー？」

「え、なに？」

顔にはニコニコと、人の良さそうな笑みを浮かべている。

その笑顔は委員長が昨日、自宅で繰り返し確認したものと相違ない。インターネットで彼女の名前を検索、すると出てきたのは、様々なアニメや漫画のキャラを装った来栖川アリスの姿と、その出来栄えを賞賛する記事の数々だった。

松浦さんの説明どおり、コスプレ界隈《かいわい》ではかなりの有名人。ソーシャルメディアではフォロワーの数が二桁《けた》万台も後半。その事実を確認して、度肝を抜かれた委員長である。今も先方から声を掛けられたことで、少し気圧《けお》されている。

「一昨日《おととい》から志水さん、ダンスが凄《すご》いなぁーって思ってて」

「そ、そうかな？」

「もしよかったら、コツとか教えてもらえませんかぁ？」

他方、先方の背景を何ら気にした様子もないのが松浦《まつうら》さんだ。

二人の会話に割って入り、辛辣な突っ込みを入れる。

「委員長、相手することないよ。この子、やたらと性格が悪いし」

「えぇー、本人の前でそういうこと言っちゃうんですかぁー？」

「だって事実でしょ？　練習中に足を引っ掛けるとか意味が分からない」

「…………」

西野《にしの》のコネの威力を知ったことで、イケイケドンドン状態の松浦さん。

誰が相手であろうと、向かうところ敵なしである。

委員長としては、どの口がそれを言うのかと、突っ込みを堪《こら》えるのに必死だ。松浦さんと来栖川《くるすがわ》アリス、彼女の目には大して変わりなく映る。むしろ、歳《とし》を重ねている分だけ前者の方が、人として危うさを覚えていた。

ネットの記事によれば、後者はまだ中学生だという。

先んじて転ばされたとは言え、大人気《おとなげ》ないにも程がある行いだ。

「もしかして貴方《あなた》、アリスのこと知りませんかぁー？」

「コスプレがメディアでウケたのも、どうせコネか何かでしょ？」

「っ……」

とことん容赦がない松浦さんの毒舌。

これには来栖川アリスの笑みも引《ひ》き攣《つ》った。

委員長を蹴落とそうと考えて声を掛けたのは事実である。しかし、自身より遥《はる》かに卑劣なメンタルの持ち主に、先制して咎《とが》められてしまった次第。しかも他の生徒の前で一方的にディスられている。

「ど、どうしてそんなこと言えるんですかぁ？」

「養成所入りだって、男に股を開いたんじゃないの？」

「なっ……」

一方的に嫌悪、露骨に避けていた人物のコネを利用した上、誰彼構わず股を開いていた自身の立場を棚に上げて、松浦さんは年下の娘さんにマウンティング。落ちるところまで落ちた文化系サークルの姫である。

こうなると非難を受けている本人のみならず、委員長も絶句。

志水《しみず》としては、どちらかというと来栖川アリスを応援したい気分だった。

けれど、そんな人物がすぐ近くで友達面をしている。

「委員長、トイレ行かない？　なんかギャーギャー五月蠅《うるさ》いし」

「…………」

先日、来栖川アリスをやり込めた一件から、松浦さんとの距離が近い。

私と松浦さん、そこまで仲良くなかったよね。

その一言を言いたくて、でも言えなくて、悶々《もんもん》とする羽目になる。

「ふぅーん？　そういうこと言っちゃうんですかぁ？　だったらアリスだって、色々と思うところとか出てくるかもなんですけど、いいんですかぁー？」

「好きにすれば？　ただ、若いうちから枕し過ぎると●●●●になるよ？」

「んなっ……」

こうなるともう松浦《まつうら》さんは止まらない。アクセル全開、逆走で突っ込んでくる自動車さながらだ。歩行者の存在も完全に無視である。

巻き込まれた委員長は、見事に撥《は》ね飛《と》ばされてしまった。

それならと西野《にしの》に仲裁を求めるべく、視線を稽古場の隅に向ける。

するとこういう時に限って姿が見られないフツメンだ。レッスンが休憩に入ったことで、トイレに向かった次第である。わざわざ休憩時間まで我慢していたマネージャーだ。当然ながら志水《しみず》の目論見《もくろみ》は外れた。

「………」

思考を停止した彼女は、手元にあったタオルを被《かぶ》り大きくため息を吐《つ》いた。

◇　◆　◇

稽古場で賑《にぎ》やかにする委員長と松浦さん、そして、来栖川《くるすがわ》アリス。

その姿をカメラ越しに眺める者の姿があった。

場所は渋谷《しぶや》にある同じ建物、アイドル養成所の別室だ。

壁際には大量の液晶ディスプレイが並べられている。その手前には幅広なデスクに所狭しと埋め込まれる形で、業務用の映像機器が窺《うかが》える。画面に映し出されているのは、建物内の各フロアに設けられた監視カメラの映像だ。

いわゆるモニタールームと呼ばれるような一室。

そこで太郎助《たろうすけ》とローズ、ガブリエラの三名は映像を眺めている。

「あの子たち、本当にアイドルの真似事《まねごと》をしているのね」

「貴方《あなた》が担当すル予定の新人は、どの娘なのですか？」

「今、アンタたちの知り合いと言い合っている小柄な子だ」

「あぁ、このどぎつい髪色の子ね」

「お姉様のブロンドも十分きついと思いますけレど」

「それを言ったら貴方なんて銀髪じゃないの」

三人の見つめる先では、今まさに休憩中である委員長と松浦さんが、来栖川アリスから絡まれる姿が確認できた。その少し前には稽古場から廊下に出ていく西野の姿もチラリと確認している。

これを眺めながら面々の間では言葉が交わされる。

ちなみに部屋には三人の姿しか見られない。

本来であれば監視員の姿があるのだが、そちらについては太郎助《たろうすけ》によって一時的に部屋の外へ出されていた。なんだかんだで事務所の稼ぎ頭を務めるイケメンだから、多少の無《む》茶《ちゃ》は道理が引っ込んだ。

「今週末からデビューの選抜オーディションが始まるんだが……」

「出来レースなんて、酷《ひど》いことをするわよねぇ」

「前にも言ったけど、お、俺が考えた訳じゃないからな？　あと、参加している子たちも薄々気付いてはいると思うよ。それでも人目に触れる機会には違いないから、必死になってダンスの練習をしているんだろう」

「そのオーディションとやラで、あの娘を輝かせレばいいのですね？」

西野《にしの》マネージャーから立場を奪う。

目的を共にして、いざ動き出したローズとガブリエラだった。

「このクラスはデビューの選抜オーディションに向けて集められているから、選考が終わったら解散する予定だ。そのタイミングで西野のヤツがどう動くかは分からないが、アンタたちから肩を叩《たた》くきっかけにはなるだろう」

「他の娘たちは不採用で放逐さレルのですか？」

「全員が全員という訳じゃあない。元いた場所に戻る子も多い」

「なルほど」

「誰かの目に止まって、他所《よそ》でデビューする場合も考えられる」

「出来レースではあるけれど、それなりに意味はあるのね」

「しかしなんだ、内一人はやたらと動きがいいな……」

音楽に合わせて、元気よく飛んだり跳ねたりしている委員長。

その姿をモニター越しに眺めて太郎助《たろうすけ》が言った。

どうやら素直に感心しているようだ。

「あら、興味があるのかしら？」

「場合によっちゃあ、欲しがるヤツが出てくるかもしれない」

「ふぅん」

ローズとしては、それで委員長が西野《にしの》から遠ざかるのであれば、決して悪くない話の流れである。しかし、マネージャー役の彼まで一緒にどこかへ行ってしまったら、それはそれで問題だ。そして、その可能性は決して低くはない。

いずれにせよ邪魔をしないという判断はなかった。

「まぁ、任せてくれて構わないわよ。大船に乗ったつもりでいなさい」

「オーディションとやラが始まルまでは、しばラく待ちということですね」

「やっぱり、な、なかったことにはできないか?」

やる気満々のローズとは反対に、腰が引けている太郎助。

仕事の為《ため》とはいえ、西野の邪魔をする、という行いに抵抗が大きいようだ。放っておいたら職務を放棄して、松浦《まつうら》さんと委員長をデビューさせかねない彼である。ローズとガブリエラも、なんとなくそれを感じている。

だからこそ続けられたのは力強い否定の声だった。

「どう見ても今回の件は彼の横暴でしょう?　貴方《あなた》は悪くないわよ」

「しかし、もしかしたらこれもヤツの仕事の一環だったりするんじゃ……」

「そんな訳があるはず無いじゃないの」

「投資した資金はしっかリと回収すルべきです」

ローズとガブリエラの判断は翻らない。

躊躇《ちゅうちょ》する太郎助に対して、二人は有無を言わさない。

「ア、アイツに迷惑が掛かるようなことだけは、頼むから止《や》めてくれよな?」

モニターを凝視するロリータたち。

その姿を眺めて、太郎助は懇願する他になかった。

◇◆◇

先週から始まった委員長と松浦《まつうら》さんのアイドル候補生ライフ。

当初は順風満帆かと思われたそれは、来栖川《くるすがわ》アリスとの衝突を受けて、多少なりとも起伏を見せる運びとなった。松浦さんとの口論を経たことで、より容赦のないものとなった先方からのアクションが、日々彼女たちに向けられる。

それは例えば平日の放課後、養成所の更衣室を訪れた際のこと。

「なによこれ、シュ、シューズがべとべとになってる……」

「あ、私もだし」

ロッカーに入れておいた練習用のシューズに、得体の知れない液体が付着していた。白くてとろみの付いたそれは、一見して精液のようにも見える。事実、委員長はその可能性を危惧して、即座に手を引っ込めた。

対して松浦さんは鼻先に漂う香りからこれをブラフと判断。

自らの手で掴《つか》んで、すぐさまロッカーから外に放り出す。

「ちょ、ちょっと、そんなの触ったら汚……」

「生卵だよ、これ」

「……え、そうなの？」

「委員長、ザーメン見たこと無いの？」

「っ……」

見たことがない委員長だった。

何気ない会話から、拙い性経験が露呈。咄嗟《とっさ》に言い訳を口にしようとして、それでも上手《うま》い返事が思い浮かばなくて、口をパクパクとさせる羽目になった。その手の知識は映像作品が精々の処女である。

「あの子、メディアとは完全に別人じゃない？　晒《さら》したくなるんだけど」

「いずれにせよ、これじゃもう履けないいじゃないの……」

予期せぬイジメ行為に委員長は驚愕《きょうがく》を覚えていた。

つい先日には、友達から教科書を隠されたり、貞操を狙われたりとしていたものの、未《いま》だこの手の悪意に慣れていない志水《しみず》である。なんだかんだで学内カーストも上位の恩恵に与《あずか》ってきた期間が長いのだ。

一方で落ち着いているのが松浦さんである。

ロッカーの正面でしゃがみ込み、足元に置いたボストンバッグをゴソゴソと漁《あさ》り始めた。先週まではもう少し小ぶりのバッグを持ち歩いていた彼女だから、その存在は志水も教室にいる時分から気になっていた。

すると取り出されたのは、小綺麗《こぎれい》なシューズである。

しかも何故《なぜ》なのか、二組。

そして、うち一組を委員長に差し出してみせる。

「はい、これ」

「……え？　なにそれ」

「委員長の分。どうせ備えとか、全然してないんでしょ？」

「ど、どういうこと？」

「サイズは以前チラッと確認してたから、たぶん大丈夫だと思う」

大衆向けの大手スポーツメーカーのロゴが入れられたシューズだった。

購入から間もないようで、ソールに汚れも見られない。

「松浦《まつうら》さん、備えってまさか、じ、事前に用意していたの？」

「似たようなこと、学校でもあったから丸分かりだし」

「…………」

ブレイクダンス同好会での騒動に至る以前、包丁の松浦なる二つ名をゲットするより前には、クラス内外の女子生徒から、執拗《しつよう》に苛《いじ》められていた彼女である。上履きに汚物などとうの昔にクリアしている。

そして、その事実は委員長も把握していた。

それもこれも松浦さんの自業自得。

故に加担こそせずとも、見て見ぬ振りをしていた志水《しみず》である。

それがこうして助け舟を出されては、耳の痛い話だ。

「私のは身代わりだからノーダメ。委員長も気を付けたほうがいいよ」

手持ちの鞄《かばん》から取り出したシューズを履いて、淡々と語る松浦さん。

そうして言われてみると、彼女のロッカーで汚れているシューズ、普段履いているのとはデザインが違うわよね、とかなんとか。用意周到なクラスメイトの仕込みに、言われるまで気付けなかった志水である。

「あの、こ、これっていくらくらい……」

「タダでいいよ、そう大したものじゃないし」

「…………」

松浦さんからの一方的な仲間意識に、多少なりとも心が温かくなった委員長。学校の仲良しグループに裏切られた直後という状況も手伝い、思わずグッと来てしまったチョロい女である。

他方、松浦さんにとって委員長は、完全にアウェイな養成所における貴重な戦力。来栖《くるす》川《がわ》アリスの打倒に向けて、過去の経緯はどうあれ、仲良くすることには意義があった。打算計算の上、強《したた》かに志水へ接近していく。

また、別のある日には帰り際に、ちょっとした騒動が起こった。

それは養成所でのレッスンを終えて就いた帰路。

二人が西野《にしの》マネージャーと別れた直後のこと。

最寄りの駅に向かう道すがら、委員長と松浦《まつうら》さんは二人組の男たちに声を掛けられた。

ターミナル駅にほど近い賑《にぎ》やかな界隈《かいわい》、制服姿の彼女たちであっても、異性からアプローチを受けたところで、他者が気にかけることはない。

彼女たちもよくあるナンパだろうとこれを無視。

だが、先方は執拗《しつよう》だった。

決して諦めず、繰り返し声を掛けてくる。

やがて思いのほか強引であった先方は、松浦さんの手を取った。

ところで相手は二人とも、かなりのイケメン。

しかも二十歳《はたち》前後と思《おぼ》しき若々しさ。

取られた側としては満更でもない。

つい先週までホスト遊びにのめり込んでいた彼女としては、こうなると心が動いてしまう。今なら委員長を先に帰して独り占めも可。熱心に誘われたことも手伝い、せっかくだし少し遊んでみようかな、などと考えた矢先のことだった。

もう一人の男が委員長に向かい腕を伸ばした。

その手が松浦さんにしたのと同様、彼女の手首を握る。

「っ……」

直後、予期せず異性に触れられた委員長がアクション。

腰を落として一歩を踏み込む。

同時に男の手首を握り返し、そのまま捻《ひね》り上げた。

「いぃぃいっ!?」

男の口から悲鳴が上がる。

ここ最近、なにかと物騒な出来事に恵まれている志水《しみず》だ。既にモノとしている金的と合わせて、護身術の一つでも学んでおこうと、自宅では勉強の気晴らしに身体《からだ》を動かしていた。それが綺麗《きれい》に決まってしまったようだ。

流れるような身の動きは、アクション俳優さながらの出来栄え。

「……委員長、マジ？」

これには松浦さんも目が点である。

そして、なによりも本人が一番慌てる羽目となった。

自身が考えていた以上に、すんなりと入ってしまった腕の捻り上げ。

しかも先方からは、かなり大きな悲鳴が漏れていた。

大人の男がこうまでもあっさりと声を上げるとは思わなかった次第だ。

「ご、ごめんなさいっ……！」

大慌てで手を放して、半歩ほど距離を設ける委員長。

どうやら関節を痛めてしまったようで、彼女が離れて以降も、彼は背中を丸めて手首を庇《かば》うようにしている。こうなると通りを行き交っていた人たちからも、注目の視線が向けられ始めた。足を止めている者もちらほらと。

これに対して男性二人は驚いた表情となり、彼女を見つめる。

「ってぇっ……なんだよ、この女っ！」

手首を捻《ひね》られた方の男が、志水《しみず》を睨《にら》みつける。

痛みから怯《ひる》んでいたのも束《つか》の間《ま》のこと。他者に舐《な》められてはなるまいと、大慌てで彼女に向き直った。もう一人の男性も、松浦《まつうら》さんから手を放すと共に、共連れの傍《かたわ》らで委員長に対して身構えた。

つい今しがたまでの柔和な物腰は欠片《かけら》も見られない。

年上の男性に睨まれたことで、流石《さすが》の委員長も怯む。

咄嗟《とっさ》の対応力にこそ磨きがかかりつつあっても、やはり年頃の女子高生である。自分より頭一つ分ほど大きな異性に怒られては、自然と半歩を後ずさる。怖いものは怖いし、誰かに頼りたくなってしまう。

しかし、傍らに松浦さんの姿を想起したことで、すぐさま一歩を前に踏み出し、その存在を自らの背中に隠すよう位置取った。怖いものは怖いが、自分より弱い誰かがいると、少しだけ強くなれるのが委員長という人格だった。

「こ、これ以上しつこくするなら、警察を呼ぶわよ！」

「ふざけんな、先に手を出したのはそっちだろ!?」

松浦さんとしては、完全にありがた迷惑である。

せっかくのイケメン３Ｐが台無しだ。

そうこうしていると、すぐ脇に一台のタクシーが止まった。

彼女たちがいる歩道に寄せて、後部座席のドアが開かれる。

「うちのアイドルにちょっかいを出すのは止《や》めてもらえないか？」

姿を現したのは、西野《にしの》マネージャーだった。

車上から片足を下ろしての発言。

しかも、スーツ姿。

養成所を訪れるのに、わざわざ制服からスーツに着替えている彼だ。

二人とは別れて間もない時分、委員長と松浦さんが素性の知れない男たちに絡まれるのを目撃して、こっそりと後を付けていたストーカー野郎である。それが委員長の活劇を受けて、いざ突撃と相成った。

乗り付けたタクシーは、すぐ近くに止まっていた一台を拾ってのこと。

「西野君っ……」

「委員長、松浦《まつうら》さん、自宅まで送ろう」

運転手に待機を伝えて、車上から颯爽《さっそう》と路上に降り立つ。

そして、空いた後部座席を恭しくも指し示す。

一連の流れるような身のこなしは、ホストクラブにおける雄也《ゆうや》君との売り上げ競争で培ったものである。当時の光景を思い起こしたことで、思わずドキンと高鳴ってしまった委員長の胸は、もう先日から事あるごとに鳴りまくりだ。

「な、なんだよ、お前は！」

見るからに未成年、場合によっては中学生さながらのフツメン。

当然ながら男たちからは反発の声が上がった。

コイツにだけは舐《な》められてはいけないと、男の闘争心が燃え上がる。

そんな彼らを眺めて、ふと思いついたように松浦さんが言った。

「もしかして、来栖川《くるすがわ》アリスの知り合い？」

「っ……」

男たちの反応は顕著なものだった。

西野《にしの》のシニカルな態度を受けて燃え上がった闘争心が、瞬く間に消沈していく。眉間に寄せられたシワが消えると共に、一歩を踏み出しかけた足が止まった。握られていた拳が開かれると共に、肩がピクリと僅かばかり上がる。

「馬鹿馬鹿しい。こんなの相手にしてられるかよ」

「だよな？　もう行こうぜ」

互いに頷《うなず》き合い、そそくさと彼女たちの下を離れていく。

どうやら図星であったようだ。

合点がいったとばかりに、松浦さんは大きくため息を一つ。

一方で初《うぶ》な委員長は、先方の反応に首を傾《かし》げるばかり。

「え、ちょっと、ど、どういうこと？」

「西野君、今の助け方はポイント高いかも」

戸惑う志水《しみず》はさておいて、危地を助けられた松浦さんはフツメンに向き直った。委員長が暴発しなければ、あるいは西野が駆けつけなければ、危うくアイドル生命を絶たれるところであったヤリマンだ。

例えば竹内《たけうち》君の端末には、未《いま》だに彼女とのハメ撮りが残されている。

「担当の安全管理は、マネージャーの大切な仕事だろう」

「だけど、私たちのこと付けてたってことだよね？」

「ここのところ、慣れないホテル住まいが続いていてな。別れてから二人と同じ路線であったことを思い出したんだ。別段後を付けていた訳ではない。ただ、今後は身辺の安全についても配慮したいと考えている」

言葉の端々に苛立《いらだ》ちポイントが発生するマネージャーの発言。

それでも松浦《まつうら》さんは鬱憤を表に出すことはない。アイドルとして独り立ちするまでは、相手がフツメンであったとしても、決して蔑《ないがし》ろにしないと決めていた。笑みこそ浮かべずとも、普段と変わらずに会話を続ける。

「私たちのこと、大切にしてくれてたりするの？」

「一度受けた仕事は、最後まで果たすと決めている」

対して西野《にしの》も、先方の胸中は過去の出来事から把握している。

決して勘違いするようなことはない。

軽くお仕事モードでの受け答え。

太郎助《たろうすけ》が聞いたら喜びそうな物言いだった。

こうなると委員長としては、なんかちょっとムカムカする感じ。何故《なぜ》ならばそうして放たれた発言は、自分以外の誰かに向けられていた。そこに自身の身の上が含まれていたとしても、西野の目に映っているのは松浦さんである。

「今の西野君、そ、そんなによかったかなぁ？」

だからだろうか、気付けば口を開いていた志水《しみず》である。

止《や》めておけばいいのに、ついつい言ってしまった。

そして、自らの発言を受けて二人の視線が移ったことで、しまったと表情を強張《こわば》らせる羽目になる。フツメンのみならず、松浦さんからも注目を受ける。更には未《いま》だに彼女たちを眺めている通行人の姿もチラホラと。

西野が漏らしたアイドルなる単語が、騒動に尾を引かせているのだろう。

なに、あの娘《こ》、有名人？　アイドルなの？　たしかに可愛《かわい》いかも、云々《うんぬん》。

「対応が遅れたことは申し訳なく思う、委員長」

「べ、別にそういうことじゃないけどっ！」

「今後は養成所への送り迎えも、こちらで足を用意させて欲しい」

「いや、だからそのっ……」

西野が馬鹿正直に応じるものだから、いよいよ立つ瀬がない。

ゴネればゴネた分だけ、勝手に待遇が良くなっていく。

「取り急ぎ、今日のところは二人を家まで送っていこう」

「別にそこまで無理してくれなくてもいいんだけど？」

「なに、今月は小遣いに余裕があってな」

相手の懐事情を知らない松浦さんから、強がりは止めてくれとばかりに牽制《けんせい》の声が上がった。これに構わず西野はシニカルを連打。本人はクールにキメたつもりだが、彼の文句を耳にした皆々は、文言通り受け取らざるを得ない。

こんなことで小遣いを使ってしまって大丈夫なのかと。

「お客さん、乗るの？　乗らないの？」

以降、タクシーの運転手に急《せ》かされて、西野《にしの》たちは渋谷《しぶや》の街を後にした。

〈オーディション 一〉

それは翌日に休日を控えた金曜日、昼休みの出来事である。

委員長は自席でお弁当を広げて、リサちゃんや彼女の仲良しグループと一緒に昼食を食べていた。ここ最近よく見られるその光景は、委員長の二年A組における立場を危惧したリサちゃんの気遣いである。

志水《しみず》の机を皆々で囲うことで、仲良しグループと離別した彼女の立場を担保しようと考えての行いであった。そうしたリサちゃんの気遣いが功を奏したのか、学内における委員長の立場は以前となんら変わりない。

本日も楽しそうに談笑を交えながら食事を取っている。

一方で静かなのが松浦《まつうら》さんの席だ。

依然としてカースト最下層に漂う彼女は、お昼休みもボッチである。

自席で一人静かにコンビニ弁当を食べる毎日。

そんな彼女に本日は、珍しく声を掛ける生徒の姿が見られた。

「松浦さん、食事中すまないが少しいいだろうか?」

今までどこへ行っていたのか、廊下から姿を現したフツメンだ。

彼は真《ま》っ直《す》ぐに彼女の席へ向かい、その正面に立った。

お弁当から顔を上げた松浦《まつうら》さんは、ジトッとした眼差《まなざ》しで応じる。

「べつに、いいけど？」

「本日の夜からオーディションが始まることになった」

「え、なにそれ……」

西野《にしの》から伝えられた話を耳にして彼女は驚いた。

あまりにも急な連絡である。

これに西野マネージャーは頭を下げて応じた。

「急な話となってしまい申し訳なく思う。どうやら連絡に不備があったようで、本来であれば数日前には連絡を行っている予定であったそうだ。詳しい事情を問《と》い質《ただ》すと、先方も平謝りだった」

「他に予定が入ってたらアウトじゃない？」

「その点についてはこちらも疑問に感じている。しかし、こればかりは仕方がない。悪いが週末も予定を空けてもらえないだろうか？　どうやらオーディション会場に出向いての審査となるようだ」

「っていうか、事務所に入ってまだ数日だよ？　絶対にヤラセ要員でしょ」

「不服のようであれば、こちらで断っても構わないが……」

「……ううん、それはなしで」

どうやらマネージャーとして、責任を感じているらしい西野だった。

これに対して松浦さんの脳裏に浮かんだのは、来栖川《くるすがわ》アリスの存在。

オーディションに参加させないまでの権限はないだろうが、連絡を滞らせるくらいなら可能なのではないか、とは彼女の勝手な想像である。事実、同じクラスの生徒や講師の女性とは、事前に口裏を合わせていた来栖川アリスだ。

前者はさておいて、後者はオーディションの趣旨も理解している。華々しいデビューが確約されている主賓に協力しないという選択肢はなかった。何故《なぜ》ならば来栖川アリスは近い将来、業界での確たる地位が約束されている。

こうなると松浦さん的にも、自分たちの立場を疑わずにはいられない。前評判も甚だしいコスプレ女の為《ため》、引き立て役として声が掛かったのではないかと。しかし、それでも僅かな可能性にさえ懸けてみたいのが昨今の彼女だ。

「っていうか、それって委員長は知ってるの？」

「いいや、これから説明する」

松浦さんの指摘に促されて、フツメンの意識が委員長に向けられた。

当然ながら、二人のやり取りは委員長の耳にも届いている。

何故ならば両者の席は、そこまで離れていない。

しかも西野が松浦さんに接近したとあらば、否応《いやおう》なく人目を引いた。

彼女以外、その動向に注目しているクラスメイトもちらほらと。

どうして松浦《まつうら》さんの方が私より先に説明を受けているのよ、とは志水《しみず》の脳裏に咄嗟《とっさ》に思い浮かんでしまった嫉妬である。直後には自らの感情に気付いて、べ、別にそんなのどうでもいいじゃないの、とかなんとか一人で慌てる羽目になる。

「ねぇ、委員長。西野《にしの》君がめっちゃこっち見てるんだけど」

「リサ、わざわざ言われなくても気付いてるから」

「っていうか、アイドルってマジ？　オーディションって本当なの？」

「それはその……」

困惑する委員長に構わず、西野の歩みはリサちゃん一派に向かう。

学内でもカースト上位に位置する女子生徒たちの華やかなランチタイム。その只中《ただなか》に躊躇《ちゅうちょ》なく針路を取って、フツメンは委員長に声を掛けた。

「委員長、今の話を聞いていただろうか？」

「…………」

与えられた言葉を耳にして、委員長は返答に迷う。

場の成り行きから、なし崩し的に養成所に通うことになった志水だ。

デビューと大成を望む松浦さんとは立場が違う。

アイドルという響きに興味を覚えないでもないが、聡明《そうめい》な彼女はそれが茨《いばら》の道であることを重々承知している。堅実な性格の委員長は、新卒で大手企業に就職して、キャリアと転職を重ねながら、生涯スキルを磨いていく予定なのである。

伊達《だて》に東京外国語大学を目指していない。

まさか舞台の上で歌って踊る未来など描けない。

そして、高校生活も二年目の冬を目前に控えた昨今は、思い描いた将来へ一歩を踏み出す為《ため》、大学受験に向けて非常に大切な時期。勉学以外に感《かま》けている時間は皆無である。ただでさえ最近は、勉強時間が減りがちな彼女だ。

そんな受験モードの委員長の耳に、松浦さんの声が響く。

「西野君、なんだったら私の専属になってくれてもいいよ？」

西野君、私は別にオーディションとかいいから。

事前に用意していた言葉が、先方の発言を受けて霧散する。

もしこの場で志水が辞退した場合、週末は二人でオーディションに向かうことになるフツメンと松浦さん。その事実を意識した瞬間、なにかと勝手に動きがちな彼女のお口は、これまた咄嗟に返事をしていた。

「き、聞いてたわよ。今日の夜からでしょ？」

「急な連絡となってしまって申し訳ない」

今度は胸の内で思うばかりでなく、声にまで出してしまっていた。

間髪を容《い》れず、やっちまったと、後悔に苛《さいな》まれる羽目となる委員長。

すると志水《しみず》の発言を耳にして、リサちゃんから驚きの声があがった。

「え、やっぱり本当なの？　それって普通に凄《すご》くない？」

「いや、そんな大したものじゃないから……」

彼女を中心として、仲良しグループがキャッキャと賑《にぎ》やかにし始める。そうした反応は他のクラスメイトにも飛び火して、教室内では委員長と松浦《まつうら》さんのオーディション参加を巡り、あちらこちらで会話が交わされ始めた。

こうなると気に入らないのが鈴木《すずき》君である。

同じクラスの気になるあの子が、同じクラスの気に入らない男の手引きで、アイドルデビューしてしまうかもしれない。そんな素っ頓狂な事実は、イケメンの精神状態をかき乱すのに十分な情報だった。

しかも最近の彼は女の子とヤレていなかった。

以前まで付き合っていた彼女とも別れて久しい。

高ぶったメンタルは志水と同様、ついつい口を動かしてしまう。

「西野《にしの》のコネとか、もし仮に本当でも怪しいＡＶとかだろ？」

「お、おいっ……」

一緒に昼食を取っていた竹内《たけうち》君はビックリである。

すぐ対面、同じ机を囲っていた友人を見つめる。

その言い方だと委員長と松浦さんの立場まで下げちゃうだろ、とかなんとか突っ込みを入れたくても、既に響いてしまった鈴木君の発言に一歩を踏み込むことは、クラスナンバーワンイケメンであってもリスクの高い行いであった。

会話の輪に無敵の人、松浦さんが絡んでいるとなれば尚《なお》のこと。

するとフツメンが応じるよりも早く、別所から声が上がった。

「私は別にAV女優でもいいと思うけど？」

「えっ……」

「AV女優だって立派な仕事でしょ？　自分を安売りしたくない、なんて臆病な価値観に囚《とら》われた結果、イケメンにヤリ捨てられて子供を抱えながら苦労したり、婚期が遅れて孤独死する未来より、よほどのこと素敵だと思うけれど」

与えられたのは、まさかの西野に対するフォロー。

声を上げたのは先程まで彼と言葉を交わしていた人物。

この期に及んで、松浦さんからのありがたいお言葉である。

「は、はぁ？　なんだよそれ」

「それに風俗で不特定多数を相手にするより、よっぽど衛生的だし」

フツメンや委員長、リサちゃんのみならず、クラスメイト一同の視線までもが松浦さんに向かった。声を掛けられた鈴木《すずき》君との間で、皆々の視線は行ったり来たり。二転三転とする状況に、周囲からの注目も増していく。

ヤリ捨て云々《うんぬん》、遠回しにディスられた竹内《たけうち》君は、この場での自重を決めた。

「それとも鈴木君は、ヤッた女の成功に嫉妬する器の小さい男なの？」

「っ……」

過去の3P速報を蒸し返されたところで、鈴木君は続く言葉を失った。ヤってしまったが故の弱みがイケメンを襲う。決して松浦《まつうら》さんに嫉妬した訳ではないが、結果的に反発する格好となり非常に格好《かっこ》悪い。

落ちるところまで落ちた彼女には恐れるものなど何もなかった。

こうなると一連のやり取りは、傍《はた》から眺めたのなら完全に下剋上《げこくじょう》。カースト最下層からトップ層へ、躊躇《ちゅうちょ》なく切りかかった包丁の松浦。本来ならあり得ない光景が、二年A組の教室には浮かび上がった。

連日にわたって乱れゆく学内のカースト模様。

それもこれも西野《にしの》のせいである。

すべてフツメンが悪い。

けれど、当の本人はその事実をまるで理解しない。

「松浦さん、鈴木君の懸念は尤《もっと》もなものだ」

それどころか、二年A組の問題は自らの問題にも等しいと考えて、勇み足で両者のやり取りに介入していく。そうした何気ない物言いが、これまた鈴木君の神経を逆撫《さかな》でした。

誰の目にも火に油を注ぐかのように映る。

彼らを中心として、轟々《ごうごう》と音を立てて燃え上がる二年A組。

これに水を差したのは、廊下から訪れた他クラスの生徒だった。

「あら、なにやら剣呑《けんのん》な雰囲気ねぇ」

「どうしたのですか？　もしかして喧嘩《けんか》ですか？」

西野の姿を求めて、学内を彷徨《さまよ》っていたローズとガブリエラである。

昼休みの開始直後にも二年A組を訪れて、西野の不在から校内を歩き回っていた彼女たちが、巡り巡って再びこちらを訪れた次第だった。教室内に目当ての人物を確認して、自然とその口からは声が漏れる。

これを耳にしたことで、居合わせた皆々の意識は二人に向かった。

鈴木君としては、現場を脱するまたとない機会である。

西野と松浦さんから一方的にやり込められた点は憤慨も著しい。しかし、この場で問答を繰り返しても、自身の立場を挽回《ばんかい》することは困難を極めるだろう。そのように考えた彼は、彼女たちの発言に応えるよう声を上げる。

「……なんでもないから」

そして、二人が立っているのとは別の出入り口から、教室を出ていった。

◇◆◇

同日の夜、都内を発《た》った西野《にしの》たちは、熱海《あたみ》の温泉街を訪れた。

移動は事務所が用意したバスである。

二泊三日で行われるオーディションは、界隈《かいわい》に建物を構えた温泉旅館を会場にして行われるらしい。放課後、学校から渋谷《しぶや》の養成所に向かったところ、そのように伝えられるや否や、バスに乗せられて移動と相成った面々である。

どれも事前に伝えられていなかった段取りだ。

これは西野も例外ではなかった。

「私たち、泊まりの用意とかしてないんだけど……」

雅《みやび》な佇《たたず》まいの感じられる旅館の軒先を眺めて委員長が呟《つぶや》いた。

バスから降りた直後、駐車場に面した施設の出入り口付近で、彼女たちアイドル候補生は集合している。泊まりの用意どころか、制服姿の委員長と松浦《まつうら》さん。他の参加者たちも似たりよったりで、制服姿が半分を占めていた。

宿泊の支度をしていると思《おぼ》しき人物は皆無である。

事情を知らない人が見たのなら、学校行事と誤解するような光景だ。

「日程の確認と合わせて、繰り返し迷惑を掛けてしまい申し訳ない」

「べ、別に西野君のこと責めた訳じゃないんだけど？」

「だとしても、マネージャーの務めを怠ったのは間違いない」

ちなみに西野も一緒である。

ちゃっかりバスに同乗していたフツメンだ。

乗り合わせた候補生一同からは奇異の目で見られたが、先週から稽古場には足しげく通っていたことも手伝い、非難の声が上がることはなかった。委員長と松浦さんのマネージャーとして、周囲からも認知されたようである。

「委員長、なんか派手な人が近づいてくる」

「え？」

そうこうしていると、松浦さんが声を上げた。

彼女が視線で指し示す先から、男性が歩み近づいてくる。指摘に上げられたとおり、派手な身なりの人物だ。まず目に付くのはラメ入りの花柄スーツ。サングラスを着用しており、肩にかかるほどの長髪を大胆に脱色している。

目鼻立ちや肌の色からアジア人であることは間違いない。顎にはヒゲを生やしており、これがなかなか厳《いか》つく映る。それでも現場がオーディション会場であることを踏まえれば、業界関係者であることは容易に想像できた。

駐車場に立ち並んだ皆々の視線が先方に向けられる。

アイドル候補生たちの注目を確認して、花柄スーツの男は声を上げた。

「それじゃあ早速だけど、オーディションを始めようかなぁ！」

どうやら彼が、司会進行を担当するようだ。

駐車場で立ったまま、今後の予定が説明され始めた。

彼の言葉に従えば、本日から二泊三日、委員長たちは旅館でアイドルとしての技能を試されるのだという。しかも技能の出来不出来はつぶさに点数化された上で、オーディション期間中の生活レベルに反映されるらしい。

「今晩の夕食や寝泊まりする部屋も、君たちはその歌声やダンスの出来栄えで勝ち取らないといけない。最下位の子たちには、それ相応の待遇が待っている。より良いコンディションで審査を受けたいのであれば、どうか最後まで頑張って欲しい」

花柄スーツの言葉を耳にした候補生たちは一様に驚愕《きょうがく》。

途端にざわざわと賑《にぎ》やかにし始めた。

「なにか質問がある子はいるか？」

質疑応答に入ると、すぐさま候補生の一人が手を上げた。

来栖川《くるすがわ》アリスである。

「すみませーん、つまりそれって今回のオーディションは……」

「当然ながら後日編集されて、何かしらの形で公開される。今も君たちの目につかない場所で、カメラが目を光らせていると考えて構わない。探してくれても結構だけれど、個人的にはオススメはしない」

彼女の言葉が終わらないうちに、花柄スーツから返事があった。

現場の喧騒《けんそう》はより大きなものになる。

これに構うことなく男は、細かな注意事項を説明していく。事前に取り交わしていた契約書がどうの、撮影に不安がある場合はリタイアしても構わないだの、お仕事に当たって必要なお約束である。

「…………」

そうして忙《せわ》しなくも喋《しゃべ》り続ける男を眺めて、委員長はふと思った。

どこかで聞いたような声だなぁ、と。

けれど、しばらく考えても答えが出ることはなかった。

そうこうしているうちに、男から具体的な案内が行われ始めた。

「審査はポイント制、今回のオーディション終了時点で、もっとも高いポイントを得ていた者が、デビューの権利を得る。審査種目によって与えられるポイントは大きく上下するので、最後まで諦めないで頑張って欲しい」

ところで、アイドル候補生に偉そうに語っている花柄スーツの男。

その実態はカツラや付け髭《ひげ》で変装した太郎助《たろうすけ》である。

先日にもローズとガブリエラから説得と協力の申し出を受けて、自身の仕事を優先するべく舵《かじ》を取った彼は、しかし、決して彼女たちのことを信用してはいなかった。オーディション会場における助力の約束を、これっぽっちも信じていなかった。

「それじゃあ早速だけれど、最初の審査を始めよう」

何故《なぜ》ならば、イケメンは知っていた。

あの二人はそんな生易《なまやさ》しい相手ではないと。

もし万が一にも、西野《にしの》にまで被害が及んでは堪《たま》らない。

来栖川《くるすがわ》アリスの立場が変な方向に向かってしまっても困る。

そこで当事者に一番近いところから、状況をコントロールするべく、自らオーディションの司会進行を買って出た太郎助だった。わざわざカツラを被《かぶ》り、精緻な付け髭まで用意しての奮闘である。

◇◆◇

アイドル候補生に与えられた最初の審査は、カラオケの点数競争だった。

二人一組で課題曲を歌い、その点数を競い合うというもの。そして、結論から言うと委員長と松浦《まつうら》さんのペアは、最下位に落ち着いた。それも他の面々が九十点台を連発している一方、彼女たちは七十点台も前半。

「委員長、あのキーの外し方、マジありえないんだけど」

「ご、ごめん。あまり聞いたことがない曲だったから……」

「直近の先輩のデビュー曲くらい、せめて把握しておいてよ」

「………」

来栖川アリスのペアが九十九点、トップを飾ったのとは対極的な立ち位置だ。

これにより今晩、彼女たちの宿泊先は物置部屋に決まった。

立派な旅館に泊まる機会を得ながら、客間ですらない本日の寝床である。他の部屋が綺《き》麗《れい》な壁紙や漆喰《しっくい》で飾られているのに対して、同所はコンクリートの打ちっぱなし。窓も小さな突き出しが一つ。空調も入れられてはおらず、日が落ちてからはかなり冷える。

周囲には使われなくなった家具や調度品などが、壁際に沿うよう並べられている。その只中《ただなか》に生まれた四畳半ほどの空間が、委員長と松浦さんに与えられた本日の宿泊スペースであった。床も畳どころかフローリングでさえないPタイル。

そんな場所に制服姿のまま、二人は布団に包《くる》まり身を寄せていた。

「松浦さん、やっぱり私、リタイアしようかな、とか」

「それは駄目。今リタイアしたら、私まで失格になっちゃう」

「でも……」

「カラオケする前にルールを聞いたでしょ？　審査を受けたら、直後にリタイアする場合はルームメイトも一緒じゃないと駄目だって。今リタイアしたら私、委員長のこと一生恨み続けるから」

「………」

もう既に帰りたい委員長に、ルームメイトは徹底抗戦。

是が非でもアイドルとして一旗揚げたい松浦《まつうら》さんだ。

まんまと運営の策略に乗せられてしまっている。

「だけどこれ、たぶんヤラセだよね？　松浦さんも前に言ってたじゃん」

「もし仮に出来レースだったとしても、どこで誰が見ているか分からないじゃん。こういう機会こそ次に生きてくるかもしれないでしょ。それにこの物置部屋も、考えようによっては美味《おい》しいポジションだと思わない？」

「私、せめて暖かい部屋で眠りたかったな……」

「だったら次の審査では、ちゃんと点数を出しなよ、委員長」

「……うん」

ちなみに本日、彼女たちの夕ご飯はおにぎりとお味噌汁《みそしる》のみ。それも既に食べ終えて、

部屋の隅には綺麗《きれい》に重ねられた食器が並ぶ。他のアイドル候補生たちが部屋のグレードに応じて、旅館のコース料理を食べているのとは雲泥の差だ。

育ち盛りの委員長としては量が足りない。水泳部で鍛え上げた肉体は代謝もよろしく、毎日お腹《なか》一杯食べても太る気配は皆無。連日の豪遊でお肉が気になる松浦《まつうら》さんが、ダイエットに丁度いい、などと前向きに考えているのとは対照的だ。

布団の傍《かたわ》らに置かれたポットと急須、湯呑《ゆのみ》のセットが唯一の救いである。

「それに温泉は入れるんだからいいでしょ？　きっと温かいよ」

「お風呂が冷たかったら、私はきっと逃げ出すと思う」

カラオケでの失態も手伝ってだろう、委員長は元気がない。

他方、松浦さんはまるで堪《こた》えた様子もなく受け答え。

こうした二人のやり取りをカメラ越し、一方的に眺める者たちがいた。

物置部屋から場所を変えて、同じ旅館の一室。

十畳ほどの広さがある畳敷きの客間には、壁に沿って設けられた座卓の上、数多《あまた》のディスプレイが並べられている。そこは旅館の随所に仕掛けられた監視カメラの映像を一様に俯瞰《ふかん》できる、急ごしらえのモニタリングルームだ。

その只中《ただなか》でディスプレイを眺めて、ああだこうだと言い合う女が二名。

「機材に仕込みを入レたのは、なんの意味もありませんでしたね」

「勝手に落ちていってくれるのだから楽よねぇ」

ローズとガブリエラだ。

西野《にしの》たちに先んじて現場を訪れていた彼女たちは、既にひとっ風呂浴びて浴衣姿である。すぐ傍らには湯気を上げる湯呑と、お茶請けのまんじゅうが並ぶ。オーディションを私物化、なんだかんだで旅館を満喫している両名だった。

「なぁ、せめて普通の客間に移さないか？　物置は酷《ひど》いだろう」

すぐ傍らには変装を解いた太郎助《たろうすけ》の姿も窺《うかが》える。

カメラ越しに志水《しみず》の姿を確認して、その口からは抗議の声が上がった。西野が彼女に執着しているとは、以前から気になっていたイケメンである。当時はそれほどでもなかった二人の関係だが、ここ最近はいよいよ分からない。

「ちょっと貴方《あなた》、人聞きの悪いこと言わないで欲しいわね」

「台本はそちラが用意したものを利用していルに過ぎません」

「あ、あれはプロデューサーが用意したもので、だからこそ変更を……」

部屋には他に誰の姿も見られない。

アイドル候補生にこそ、太郎助の存在は秘密とされている。しかし、催しに関係する主要なスタッフは、彼の存在を知っていた。そうした現場の力関係も手伝い、モニタリングルームはローズとガブリエラに融通されていた。

「ところで、西野君《にしの》はどこにいるのかしら？」

「こちラのカメラには、そレラしい姿が見ラレません」

「こっちにも映ってないのよね……」

当然ながら自称マネージャーには部屋など用意されていない。誰も止めないから、勝手にバスに乗り込んでついてきた西野である。そのため往路のバス車内映像が、一部で野郎が写り込み使えなくなったと、関係者からは不満が上がっている。

そして、旅館は貸し切りだ。

追加で部屋を取るような真似《まね》も許されない。

上層部とのコネも現場の人間にまでは周知されていないようだった。このあたりはローズとガブリエラの意向も関与してのこと。フツメンが現場を取り仕切り始めたら、それこそ委員長と松浦《まつうら》さんのデビューは待ったなしである。

「西野のヤツだったら、エントランスのカメラに映ってないか？」

「あ、本当です。どうやラ外に出ていたみたいですね」

「手にビニール袋を下げているのは、買い物に行っていたのかしら」

ローズたちに監視されているとも知らず、西野は旅館内を歩む。

委員長と松浦さんのペアが、カラオケで惨敗する光景を確認していたフツメンは、彼女たちにばかり辛《つら》い思いはさせまいと即座に行動していた。明日から本格的に始まる審査に向けて、少しでも英気を養ってもらおうと考えたマネージャーである。

具体的には差し入れ。

本日の宿泊先と夕食の献立が提示された時点で、彼は動き出していた。

向かったのは旅館からほど近い場所にあったコンビニエンスストア。同所でお弁当や清涼飲料水、お菓子、更にはメイク道具やスマホの充電器など、思いつく限りのグッズを調達した。手に下げたビニール袋はパンパンに膨らんでいる。

その歩みは正面玄関を過ぎて、委員長たちの寝床となる物置部屋に向かった。

「俺だ、ここを開けてはもらえないか？」

ドアをノックすると共に声を上げる。

いちいちイラッとする物言いだ。

ドアの向こう側に立っている人物が誰であるのか、委員長と松浦さんはすぐに判別がついた。ここ最近の関係から無視することも憚《はばか》られて、自ら立ち上がらんとする松浦さん。

これに先んじて腰を上げた委員長がドアに向かった。

その手は躊躇《ちゅうちょ》なく鍵を開けてノブを押し開く。

ワンルームという間取りの都合上、松浦さんからも委員長の肩越し、廊下に立つフツメンの顔が窺《うかが》えた。彼女たちの意識が向かったのは、彼の手に下げられた大きなビニール袋だ。正面にはコンビニエンスストアのロゴが確認できる。

「な、なんの用？」

「夜分遅くにすまないな、委員長」

「まさか一緒に泊めて欲しいとか、言わないわよね？」

「魅力的な提案だが、二人のアイドル生命を断つような真似《まね》は避けたい」

「っ……」

ここ最近、西野《にしの》に毒されつつある委員長の何気ない強がり。

返ってきたのは、本家本元のシニカル。

いちいち一言多いフツメンの発言に、これまたいちいち胸を高鳴らせてしまうチョロい志水《しみず》だ。過去、旅先で同衾《どうきん》した記憶が脳裏に蘇ったことで、背後に敷かれたお布団を振り返ってしまいそうになった。

ベッドでなくて布団なら、少しくらいはみ出しても二人で一緒に眠れるわよね、などと条件反射で思い浮かんだ事柄に、いやいや私は何を考えているのよ、だって相手は西野君なのよ？　と自己嫌悪。

そうした彼女の戸惑いと興奮に構わず、西野は淡々と言葉を続ける。

「二人に差し入れを持ってきた」

「差し入れ？」

「他に必要なものがあれば、何でも言って欲しい」

短く呟《つぶや》いて、手にしたビニール袋を差し出す。

そこには食品や日用品などが雑多に放り込まれていた。

「…………」

すると今度はキュンとしてしまった委員長。

殺風景で埃《ほこり》っぽい物置部屋、大して仲良くもない愛想の悪いクラスメイトと二人きり。

そんな寂しい夜の時間が、彼女の心を少しだけ素直にしていた。西野君ってこういうところ、やたらと気が利くのよね、みたいな。

しかし、彼女の心が温まったのも束《つか》の間《ま》のこと。

松浦《まつうら》さんからフツメンに向けて、厳しい声が届けられた。

「西野君、そういうの私たちは要らないから」

「要らない？」

「そう、要らないの」

「今晩は夕食も儘《まま》ならないと、審査前のルール説明で聞いたが……」

ちょっとちょっと、なに勝手なことを言ってくれちゃっているのよ。

委員長は大慌てで背後を振り返った。

するとそこでは布団に包《くる》まれて、ドヤ顔で語るルームメイトの姿が。

「物置で悲嘆にくれるアイドル候補とか、なんだかんだで絵面的に美味《おい》しいでしょ？　それなのにマネージャーが差し入れとか、シチュ的に丸潰れじゃん。だから西野《にしの》君、私たちの邪魔はしないでくれない？」

「松浦《まつうら》さん、そ、そんなこと言わなくてもっ……」

「今晩は放っておいてくれていいから。その差し入れも持ち帰ってね」

「……分かった」

妙なところで強《したた》かさを発揮する松浦さん。

発言には有無を言わせない迫力があった。

こうなると西野としても強くは出られない。なんたって現場はオーディション会場。随所に事務所のカメラが目を光らせているという。旅館内での何気ないやり取りが、委員長と松浦さんの評価に直結するだろうことは、彼も重々理解している。

一方でお腹《なか》がペコペコの委員長は食い下がる。

「そうは言っても、もうカメラには映っちゃってるでしょ？」

「これくらい後でいくらでも編集できるから」

「え、でも……」

「運営側だって、映像的に美味《おい》しい方を取るに決まってるじゃん。西野君の差し入れ風景とか、誰が喜ぶのって感じでしょ？　それだったら委員長が布団に包《くる》まって寒さに震えている方が、まだ価値があると思うよ」

事情通を装い、松浦さんは上から目線で二人に言って聞かせる。

ここ数日の業界研究で知見を得ていたフツメンは、彼女の言葉に説得力を感じた。

だからだろう、続く反論も出てこない。

顔を見せたのも束《つか》の間《ま》、物置部屋を後にする羽目となった。

「…………」

すぐ目の前に提示されながら、決して届けられることがなかった差し入れ。チラリと目に入ったのは、お弁当やお惣菜《そうざい》、デザートの数々。ドアの向こう側に消えるそれを、委員長は縋《すが》るような眼差《まなざ》しで見つめる他にない。

パタンとドアが閉じられるのと時を同じくして、志水《しみず》の腹がグゥと鳴いた。

〈オーディション　二〉

温泉旅館を舞台としたオーディションは、翌日から本格的に始まった。

日が昇ってしばらく、館内放送で目を覚ました委員長と松浦《まつうら》さんは、スピーカーから流れる指示に従い、旅館内の宴会場に向かった。今すぐに身支度を整えて、東館の大広間に集合してください、とのこと。

館内には随所に案内が用意されており、目当ての広間はすぐに見つかった。

二人が現場に到着すると、そこには既に多くのアイドル候補生たち。

室内に一定間隔で並べられた座卓に向かい、彼女たちは座布団の上で着座していた。卓上には各人の名前が記載されたプレートと、クイズ番組などで利用されるボタンとランプのようなものが設けられている。

各人の位置関係的には、学校の教室を和室に置き換えたかのような配置だ。

正面で一段高くなっている舞台スペースには、マイクスタンドが確認できる。

「こんな朝っぱらから、何をするつもりなのよ……」

「早押しクイズじゃない？」

「あのボタン的にはそうかもだけど、意味が分からないわよ」

てっきり朝食に呼ばれたのかと考えていた委員長は面食らった形だ。

昨晩からお腹《なか》がぐぅぐぅと鳴って止《や》まない。

夜中、彼女の腹の虫に繰り返し起こされた松浦さんは、ちょっとイライラしている。静かな物置部屋は音がよく響いた。けれど、フツメンからの差し入れに率先して断りを入れた手前、声に出して指摘することも憚《はばか》られて過ごした丸一晩。

「っていうか、西野《にしの》君いるし」

松浦さんの指摘を耳にして、委員長の視線が部屋の隅に移る。

そこでは壁に背を預けて、腕を組んだフツメンの姿があった。

自《おの》ずと志水《しみず》の口からは疑問が漏れる。

「マネージャーって、勝手に入ってきていいのかな？」

「さぁ？　でも、あっちには撮影のカメラとかいるけど」

「…………」

やたらと行動力に溢《あふ》れた彼の存在に、一抹の不安を覚える委員長だ。

そうこうしていると、二人の下を来栖川《くるすがわ》アリスが訪れた。

彼女はニコニコと満面の笑みを浮かべながら語る。

「お二人さぁーん、おはようございまぁす！　昨日はよく眠れましたかぁ？」

「うわ、出たよ、ヤ●マ●ク●ビ●チ。そろそろ●なないかな」

「松浦さん、朝っぱらから言葉使いが最悪なんだけど」

「っ……きょ、今日はちゃんとご飯を食べられるといいですねっ！」

あまりにも汚い松浦《まつうら》さんの言葉使い。

相手とコミュニケーションを取ろうという意思が一ミリも感じられない。段々と来栖川《くるすがわ》アリスへの対応が適当になっていく。大広間では露骨にカメラが回されていることも手伝い、先方は口元をピクピクと震わせつつも、早々退散していった。

そして、彼女たちが賑《にぎ》やかにしているうちにも、本日の審査が始まる。

西野《にしの》のコネを背景に、松浦さんのイキリは留《とど》まることを知らない。

「皆、それでは席について欲しい」

少し遅れてやって来た花柄スーツの男、太郎助《たろうすけ》から指示が出された。

いつの間にやら舞台の上、マイクスタンドの正面に立っている。

アイドル候補生たちはこれに従い、各々の名前が記載されたプレートの下、座布団に腰を落ち着けていく。委員長と松浦さんの席は隣並びだった。ただし、用意されているボタンは別々のもの。

今回は個別に審査が実施されるようだ。

「テーブルの上に用意されたボタンから、君たちもなんとなく察してはいると思う。それでも軽く説明させてもらおう。昨今、アイドルは歌って踊れるばかりではやっていけない。人として十分な教養を持ち合わせてこそ、開ける道というものは多い」

教室で生徒相手に講義を行う教員さながら、太郎助は語る。

アイドル候補生は誰もが真剣な表情だ。

それでもイケメンの意識は目の前の彼女たちより、何故《なぜ》か会場の隅で待機している西野が気になって仕方ない。もしかしたら変装していることに気付かれているのでは、などと不安から心臓の鼓動を速くさせている。

「そこで君たちにはこれから、早押しクイズに挑戦してもらう。また、早押しクイズの成果は本日の食事にも影響してくる。正解した数に応じて、昨日の夕食と同様、献立のグレードが変化するので頑張って欲しい」

花柄スーツの声を受けて、委員長の顔色が変化を見せた。

まさか二日連続でおにぎりは勘弁願いたい彼女である。

「委員長、目がマジなんだけど。そんなにお腹《なか》減ってるの？」

「松浦さんと違って、私はお腹に余分な肉が付いてないから」

「……なんだ、意外と言うときは言うじゃん」

普段なら夕食の席、ご飯のおかわりは必須の委員長だ。

おかずもモリモリ食べる。夜食だって美味《おい》しく頂く。

それが昨晩はおにぎり二つとお味噌汁《みそしる》一杯。

ぜんぜん足りていない。

「それでは早速だが、最初の問題を読み上げよう」

太郎助《たろうすけ》のアナウンスに従い、大広間では早押しクイズが始まった。

その光景をカメラ越しに眺めているのが、ローズとガブリエラだ。

場所は昨日、太郎助と共に過ごしていたモニタリングルームである。同所で畳の上に寝転びながらくつろいでいると、ディスプレイの先、現場に動きが見られ始めた。スピーカー越しには司会進行の声も聞こえてくる。

「お姉様、早押しクイズとやラが始まリましたよ」

「貴方《あなた》、休みは昼過ぎまで寝ているのに、今日は随分と早起きなのね」

「起きルのが無理だと考えて、ずっと寝ないでいました」

「あぁ、そう」

貫徹した為《ため》、少しだけテンションが高いガブちゃんだ。

座布団に正座の上、卓上のディスプレイに向かう。

彼女の手の動きに応じて、画面上ではマウスカーソルが上下左右する。映像が映されたのとは別のディスプレイに、会場に並んだアイドル候補生一同の名前と併せて、テーブル上に設けられた早押しボタンのステータスが窺《うかが》える。

「ここにあるスライドで、ボタンのディレイを調節すルのでしたね」

「使わないで済むなら、それに越したことはないのだけれど」

ステータスの脇に並んだ、ボタンの遠隔操作用のインタフェース。

その一つをカーソルで撫《な》でながら、ガブちゃんが言う。

「答えをすべて教えていルのですから、勝てない方がおかしいと思います」

「そうは言っても世の中には、恐ろしく頭の回りが悪い子がいるものよ？」

「なルほど、そういった者を振リ落とす為の審査、ということですか」

「今回のは企画的なもので、そこまで明確な意図があるとは思えないけれど」

ガブリエラの隣に並んで、ローズもまた会場の様子を確認。

二人の目的は来栖川《くるすがわ》アリスをデビューに導くことだ。

彼女以外のアイドル候補生が優位になりそうであった場合、ガブちゃんが手にしたマウスを操作して、ボタンの遅延設定を利用することになっている。本日の為にわざわざ、マーキスやアダムに無理を言って調達した代物である。

そして、二人が話をしている間にも、会場ではクイズが進められていく。

「第五問、切磋琢磨《せっさたくま》という四文字熟語についての問題だ。切は切ること、磋は研ぐことを意味しているが、それでは琢と……」

太郎助が問題を読み上げている只中《ただなか》、ピンポーンと音が響く。

問題文が最後まで案内されていない段階でのボタン押下だ。

手元のランプが光っていることを確認して、委員長は声高らかに解答。

「打ち叩《たた》くこと、磨くこと」

「正解だ」

「よしっ……！」

困ったことに、会場では委員長が猛威を振るっていた。

ここ最近は試験の点数にも陰りが見られる彼女だが、それでも学内における成績は一定のポジションをキープしている。アイドル一辺倒な他の候補生と比較して、この手の審査には一日の長がある志水《しみず》だ。

それに何より今の彼女は飢えに飢えている。

美味《おい》しいご飯の為《ため》であれば、ボタンを押す手にも力が入った。

「お姉様、このままだと勝ち馬が脱落しかねません」

「クイズの解答こそ覚えていても、最短で答えられるタイミングまでは考慮していなかったんでしょうね。こうなるとボタンの動作に少し細工をしたところで、そう大した影響は与えられそうにないわ」

「どうするルのですか？」

「どうするも何も、見ている他にないでしょう？」

「ソレでもまあ、最低限の努力はしておくとしましょうか」

ガブちゃんはマウスを操作して、委員長のボタンにディレイ値を入れ込む。

志水 千佳子

事情を知らなければ気付くことも困難な、コンマ以下の世界だ。接戦ともなれば、類稀《たぐいまれ》なる威力を発揮しただろう。けれど、実力差が顕著である今回は、ローズの言葉通り、あまり役に立ちそうにない仕込みであった。

困った顔でディスプレイを眺める二人。

彼女たちの見守る先、会場ではテンポよくクイズが進む。

「第三十二問、1より大きい自然数のうち、正の約数が1と自分自身だけである数を素数という。それでは1と自分自身以外の約数を持つ……」

「はい、合成数です！」

「正解だ、志水《しみず》君」

「第三十三問、英語の問題だ。ヤギはゴート、羊はシープ、ではサイは何という？」

「ライノセラス、だと思いまぁす！」

「来栖川《くるすがわ》アリス君、正解」

「第三十四問、夏目漱石《なつめそうせき》の著作、明治四十年に上野《うえの》で開催された東京勧業博覧会を舞台に利用した作品のタイトルは？」

「はーい、はいはい！　とりこびじんそう！」

「……来栖川君、不正解だ。解答権は次点で、志水君に移る」

「虞美人草《ぐびじんそう》、ですよね？」

「正解だ」

「作品名の漢字、間違えて覚えてない？　虜《とりこ》じゃなくて虞《おそれ》だけど」

「っ……に、似たような字だから、ついつい間違えちゃったぁ！」

ライバルが不甲斐《ふがい》ないことも手伝い、気持ちよく解答を続ける委員長。段々と気分が乗ってきたようで、声色も勢い付いたものだ。問題の答えを間違って覚えていた来栖川アリスに対して、ついつい指摘の声など上げてしまう。

「自分が読んだ本のタイトルを間違えるとか、マジあり得なくない？」

「アリス、おっちょこちょいなの！　夏目センセー、ごめんなさぁい！」

矢継ぎ早に与えられたのは、松浦《まつうら》さんからの辛辣な突っ込み。端《はな》からヤラセを疑っている彼女だから、物言いは遠慮がないものだ。実際に松浦さんの指摘を受けて、疑念を確信に変えたアイドル候補生も少なからずいた。しかし、だからと言って事実を指摘することはできなくて、審査は続けられていく。

以降、早押しクイズは委員長と来栖川アリスの接戦となった。

他のアイドル候補生は完全に置いてけぼり。

するとしばらくして、ガブちゃんの設定したボタンの遅延が、段々と効果を発揮し始めた。太郎助《たろうすけ》から与えられる問題のレベルが上がったことで、委員長の解答タイミングが目に見えて遅れ始めたのである。

記憶していた問題と解答を思い出してボタンを押す。

そうした来栖川《くるすがわ》アリスの行いと、委員長の雑学力とが拮抗《きっこう》。

これにより、ほんの僅かな差が前者に利する。

やがては巻き返すように、段々とポイントが加算されていく。

「松浦《まつうら》さん、私のボタンなんだけど、少し反応が悪い気がしないかな？」

「はぁ？　なに勝手に盛り上がってるの？　こっちはゼロ点なんだけど？」

「……松浦さんのそういうところ、ここまで来ると逆に清々《すがすが》しく感じる」

一晩を共にしたルームメイトは、まるで頼りにならない。

忌々し気に志水《しみず》を睨《にら》みつけている。

松浦さんはお勉強が大嫌いだった。

疑問に首を傾《かし》げながらも、解答を続けるしかない委員長。

そうして迎えた第四十九問。

最終問題となる第五十問を目前に控えての一戦。

ここへ来て志水は来栖川アリスから一点リードされている。

次で負けたら最終問題を待たずして、勝敗が決してしまう。

「………………」

こうした彼女の不調を受けて、アクションを決める男がいた。

他の誰でもない、西野《にしの》マネージャーである。

「第四十九問、理科の実験などで利用されるピペットのうち、管の中央に膨らみを持ち、主として液体の移動に利用されるピペットをな……」

太郎助《たろうすけ》が問題を読み上げる。

早々にも来栖川アリスの腕が動いた。

解答のタイミングに慣れが見られる。

すかさず委員長もボタンを押下する。

直後、バァンと大きな音を立てて、後者の手元でボタンが壊れた。

持ち前の不思議パワーを駆使して、委員長がボタンを叩《たた》くのと同時に、その筐体《きようたい》を破壊したフツメンである。傍《はた》から眺めたのなら、さも彼女の一撃が、プラスチック製のそれを叩き壊したが如《ごと》くである。

周囲に飛び散った細かな破片が、パラパラとテーブルの下にまで落ちる。

「……委員長、もしかして私の辛対応でキレた？」

「ち、違うからっ！」

恐る恐る問うてみせる松浦さんに、顔を赤くして吠《ほ》える委員長。

後者からすれば、周囲に馬鹿力をアピールした形だ。

恥ずかしくて仕方がない。

時を同じくして、大広間の壁に背を預けていたフツメンが動きだした。

声を出して慌てる委員長たちの下に向かい歩みを取る。

そして、壊れてしまったボタンを片手で掴《つか》み上《あ》げると共に言った。

「予備の一つくらい、運営側も用意はしているだろう？」

「あ、あぁ……」

彼の視線が向かった先には花柄スーツの男、太郎助《たろうすけ》の姿がある。

早押しクイズの実施に当たり、事前にローズとガブリエラからは工作の存在を知らされていた。そして、西野《にしの》が備えた摩訶不思議《まかふしぎ》な力をも把握している彼だから、ボタンが弾《はじ》け飛《と》んだ理由には、自《おの》ずと想像がついた。

だからだろう、太郎助にはこれがまた格好《かっこ》良く映った。

なんてロックなヤツなんだ、と。

隅の方で眺めているばかりでは飽き足らず、審査に割って入るなど言語道断。本来なら会場から撮《つま》み出《だ》されていても不思議ではない西野マネージャー。しかし、そこは司会進行の思惑も手伝い、不問に付された。

現場で控えていたスタッフの手により、委員長のボタンが新調される。

これを受けてモニタリングルームでは、慌てるロリータが二名。

「お姉様、困りました。交換されした端末にディレイの設定が行えません」

「予備機はシステムにマスタデータが登録されていないみたいね……」

「しかし、傍《はた》から眺めていただけなのに、工作に気付くとは思いませんでした」

「こちらの存在はバレていないと思うけれど、今後は注意が必要かしら」

仕事を終えた西野は今までと同様に、大広間の隅で壁に背を預ける。

そして、第四十九問予備問題を志水《しみず》の勝ち点から迎えた最終問題。

委員長と来栖川《くるすがわ》アリスは同着トップでこれに挑む。

「志水さぁん、中学生を相手に本気になって、恥ずかしくないんですかぁ？」

「デビュー権は貴方《あなた》に譲るわ。でも、旅館の美味《おい》しいご飯は私が頂くわね？」

「っ……」

松浦《まつうら》さんの指摘ではないが、熱くなってしまっている委員長だった。

これまたシニカルな言い回しが、来栖川アリスを苛立《いらだ》たせる。

本人は素直な思いを口にした限りであるが、言われた側からすれば侮辱以外の何物でもない。自身も知らないうちに、どこぞのフツメンと同じことを仕出かしているとは、夢にも思わない志水である。

ただ、太郎助としてはポイントの高い委員長の発言だった。

大広間の襖《ふすま》越し、聞き耳を立てる旅館の従業員一同も好感度プラスワン。

「さて、それでは次で最後の問題だ」

司会進行の太郎助《たろうすけ》から、厳かにもアナウンスがなされる。

委員長と来栖川《くるすがわ》アリス以外、他の生徒たちは観戦モード。

松浦《まつうら》さんなどボタンから手を離して、完全に他人事《ひとごと》である。

「第五十問、KGB48が昨年末に発売したアルバム、恋せよ同志諸君のシークレットトラックに追加さ……」

ボタンの押下を知らせる音が同時に二つ鳴り響いた。

ランプが光っているのは委員長の方だ。

「志水《しみず》君、解答を」

「…………」

太郎助から指示されるも、委員長の表情は覚束《おぼつか》ない。

夏目《なつめ》センセーの著作に関するクイズを経たことで、志水も来栖川アリスの八百長を疑い始めていた。そうして迎えた最終問題、最後まで問題文を聞かずに動いた先方の腕を目撃。

これは間違いないと判断、反射的にボタンを叩《たた》いた委員長だった。

先方の動きを確認してからのアクションにもかかわらず、見事に解答権をゲットしたのは、その類稀《たぐいまれ》なる反射神経の賜物《たまもの》。西野《にしの》により工作されたボタンが破壊、予備に切り替えられていなければ、解答権を逃していたことは間違いない。

しかし、肝心の答えがサッパリ分からない。

さてどうしたものかと、その顔には焦りが浮かぶ。

問題はよりによって、委員長が苦手としている業界モノだった。

「どうしたんだ？」

「えっと……」

「志水さーん、まさか答えが分からないのに押したんですかぁ？」

来栖川アリスからは即座に煽《あお》り文句が放たれた。

絶体絶命の委員長である。

すると、すぐ隣のテーブルで、松浦さんに動きがあった。

視界の片隅、テーブルの下で委員長に対してハンドサイン。

右手の指でL、O、V、E。

更に左手で親指以外の指を四本立てる。

最後は右手の親指で自らを指し示してグイグイと。

一体何をしているのよ、とは彼女の脳裏に浮かんだ疑問である。

どう足掻《あが》いても松浦さんのことだけは愛したくない委員長だ。近い将来、成人式で顔を合わせることにさえ、現時点で抵抗がある。ただ、延々と繰り返されるハンドサインと、珍しくも必死な相手の表情を眺めて、一連の行為が早押しクイズの問題に繋《つな》がった。

こうなると他に取れる選択肢もない。

何故《なぜ》ならば委員長は、とてもお腹《なか》が空《す》いていた。

どうせなら一番になって、一番美味《おい》しいご飯が食べたかった。

「……ラ、ラブ、フォー、ミー、ですか？」

「正解だ！」

志水《しみず》の正解を受けて、どこか嬉《うれ》しそうな花柄スーツの男。サングラスで目元こそ隠れているが、口元には笑みが浮かんでいる。フツメンの活躍と併せて、一人で勝手に盛り上がっている太郎助《たろうすけ》だった。

一方で目に見えて悔しそうなのが来栖川《くるすがわ》アリス。それまで浮かべられていた嘲笑は消えて、委員長を睨《にら》みつけている。ギリリと歯を食いしばる姿は監視カメラ越し、ローズやガブリエラからも窺《うかが》えた。

アイドル候補生一同からは、ガヤガヤと喧騒《けんそう》が立ち上がり始める。

「志水君が十七点、来栖川君が十六点、教養審査は志水君の優勝だ」

早押しクイズは委員長の勝利で終えられた。

無事に勝者が決したことで、太郎助からは締めの挨拶と、今後の予定とがつらつらと語られ始める。その言葉に従うのであれば、本日の委員長は昼夜共に、旅館の一流コース料理を堪能することができるらしい。

また、昼食を取った後には次の審査が控えているとのこと。

そうした案内を耳にしつつ、志水と松浦《まつうら》さんの間では言葉が交わされる。

「松浦さん、どうして私のことを助けてくれたの？」

「あのメスガキに勝たれるくらいなら、委員長を推した方がマシだし」

「あ、ありがとう……」

「でもこれ、貸しだからね？　絶対に返してもらうからね？」

「…………」

念を押すように繰り返し伝える松浦さん。

こんなことなら控えておけばよかったと、委員長は複雑な気分になった。

◇◆◇

同日、昼食を終えたアイドル候補生一同は、旅館の露天風呂に集められた。

着用しているのは運営側が用意した水着だ。それも学校指定のワンピースとは異なり、生地の面積も控えめな紐《ひも》ビキニである。しかも結び目はダミーでなく本物。サイズにこそ差異はあるものの、どれも大差ないデザインをしている。

早押しクイズに次いで行われるのは、水着審査とのことだった。

温泉が売りの旅館とあって、露天風呂も広々としたもの。中央に設けられた大きな浴槽の他、陶器風呂や酒風呂、ハーブ風呂など、実に様々な風呂が随所に設けられており、そこかしこで湯気を上げている。

更衣室で着替えを終えたアイドル候補生たちが、次々と浴場を訪れるも、窮屈さを感じることはない。一角には審査用と思《おぼ》しきステージが整えられており、カメラなどの機材を手にしたスタッフの姿も見られる。

「委員長、ちょっとお腹《なか》が出てない？」

「……やっぱり分かる？」

「昼ごはん、食べ過ぎでしょ」

「………」

松浦《まつうら》さんから委員長に容赦のない突っ込みが入った。

昨晩から空腹を抱えていた志水《しみず》は、お昼ごはんをお腹いっぱい食べてしまった。その為《ため》、少しせり出したウエスト周りが恥ずかしくて仕方がない。水着に着替えて以降、それとなく両手で腹部を隠すようにしている。

そう顕著ではないが、ビキニになると多少は変化が感じられた。

他方、この手の審査を事前に想定していた松浦さんは、口にした食事も最低限。文化系サークルの姫として鍛え上げた、男好きする脂の乗った肉付きを理想的なラインで、スタッフ一同に訴えている。こういうのが好きなんでしょう、と。

大半のアイドル候補生は松浦さんと同じスタンスである。

むしろご飯のおかわりを重ねてしまった委員長の方が例外的だ。

そうして審査開始までの待機時間を過ごしていると、来栖川《くるすがわ》アリスがやってきた。早押しクイズに敗北した鬱憤を晴らそうという魂胆だろう。委員長のお腹を目の当たりにするや否や、彼女の口からも指摘の声が上がった。

「志水さぁーん、なんかお腹が膨らんでませんかぁー？」

「……りょ、旅館のご飯が美味《おい》しかったから」

「えぇー、まさかお腹いっぱい食べちゃったんですかぁ？」

「水着審査があるとか知らなかったんだから、し、仕方がないでしょ？」

「それくらい事前に想定しておくの、アイドルのオーディションを受けるなら、普通だと思うんですけどぉー。それとも志水さんは本命の彼氏との初デートで、お腹いっぱいご飯を食べちゃうタイプですかぁー？」

「っ……」

彼氏とのデートなるイベントを、未《いま》だ経験したことがない委員長としては、身を削られるような問い掛けであった。しかもそれが自分より年下の中学生から発せられたとなれば、メンタルに入ったダメージは大きい。

すると志水に代わって、一歩を踏み出したのが松浦さんである。

「貴方《あなた》みたいな貧乳が相手だから、こっちは余裕があるの。分からない？」

「んなっ……」

語る彼女の胸元には、大きく膨れた双丘がそそり立っている。

これは委員長も例外ではない。

健康的で引き締まった後者と、絶妙なバランスで脂肪の付いた前者。在り方は対極にありながら、共に同世代とは一線を画したものを備えている。事実、居合わせた男性スタッフの視線は、大半が二人に向けられていた。

だからこそのやっかみであり、委員長のお腹《なか》に対する駄目出しだ。

けれど、敵は圧倒的だった。

しかも松浦《まつうら》さんの場合、適正サイズより小さな水着を着用している。

はち切れんばかりのおっぱいは、同性から見ても暴力的に映った。

「私、貴方くらいの頃にはもう膨らんでたから、どれだけ待っても将来に望みは薄いと思うよ？　っていうか、女性ホルモンが足りてないんじゃない？　そんな胸じゃあ、アイドルとしても長続きしないでしょ」

「えぇー？　知らないんですかぁー？　最近は割と需要あるのにぃー」

「需要があるとは言っても、若いうちだけでしょ？　二十歳《はたち》過ぎて肉が付きやすくなると、貧乳は最悪らしいよ？　スレンダー以外に選択肢がないから、生涯ダイエット地獄になるって話。貴方も今のうちに食事、楽しんでおけば？」

「っ……お、お互いにがんばりましょー？　それじゃーねっ！」

松浦さんの毒舌に負けて、早々引っ込む羽目となる来栖川《くるすがわ》アリス。

これには志水《しみず》もドン引きだ。

「松浦さん、流石《さすが》に言い過ぎじゃない？　相手は中学生なのに」

「委員長、なに言ってるの？　相手は未来のライバルなんだよ？　ここで再起不能になるまで叩《たた》いておけば、それだけデビュー後の難易度が下がるじゃん。最低でも私に絡むと損をするって、十分に躾《しつ》けるべきでしょ」

「そ、そう……」

ちなみに現場には、西野《にしの》もちゃっかり同席している。

露天風呂の脇に設けられた庭園、蹲踞《つくばい》の傍《かたわ》らに立ち、二人を遠目に見守っている。他に男性のスタッフも多数出入りしている為《ため》、また、早押しクイズの会場にも見られた為、これといって咎《とが》められることはない。

「…………」

見目麗しいアイドル候補生たちの水着姿が気にならないと言えば嘘《うそ》になる。

けれど、それでもフツメンの意識は委員長のビキニ姿に釘付《くぎづ》けであった。気付けばついつい先方の姿を目で追いかけている。この女だけは絶対に守ってやらねばと、はた迷惑な保護欲を一人静かに迸《ほとばし》らせている。

ややあって会場に花柄スーツを着用した太郎助《たろうすけ》が現れた。

相変わらずサングラスとカツラ、付け髭《ひげ》で変装している。

屋外浴場の一角に設けられたステージに彼が立つと、アイドル候補生たちは一様に注目。

それまでガヤガヤと賑《にぎ》やかにしていたお喋《しゃべ》りも鳴りを潜めた。委員長と松浦《まつうら》さんも彼女たちに倣って先方からの案内を待つ。

「さて、それではこれより審査に入りたいと思う」

マイク越しに太郎助の声が会場に響いた。

そのアナウンスに従えば、行われるのはオーソドックスな水着審査とのこと。彼の紹介を受けて別所からは、男性四名、女性一名の審査員がステージ脇に設置されたテントの下に並んだ。それなりに名の売れた業界人である旨が、太郎助から説明される。

各審査員の評価は五段階。五点満点。

その合計点で競い合うことになるらしい。

審査に際しては、三名から四名の候補生でグループを作り、ステージの上で一列に並んで欲しいとのこと。そして、各人一分の持ち時間を利用して、審査員にアピールを行うようにと指示が為された。

「このグループ分け、絶対に来栖川《くるすがわ》アリスを盛る為《ため》じゃん」

直後に配布されたグループ分けの詳細。

プリントに印字された内容を眺めて松浦さんは不満たらたらだ。何故《なぜ》ならば来栖川アリスと同じグループに収まっているアイドル候補生は、会場でも比較的見栄えに劣る、もしくは印象の薄い三名が選ばれていた。

「私と松浦さんは一緒のグループなんだね」

「どうせ同士討ちを狙ってるんでしょ？」

「グループで登壇って、やっぱりそういうこと？」

「そうに決まってるじゃん」

一方で対照的なのが、委員長や松浦さんと同じグループである。

こちらには体格や顔立ちに恵まれた人物が他に二名入っていた。

先方も同じようなことを考えているようで、志水《しみず》が彼女たちに視線を向けると、憤りの感じられる眼差《まなざ》しが返ってきた。来栖川アリスの出来レースを理解しつつ、それでも僅かな可能性に懸けているのは、松浦さんと同様に感じられる。

「さて、それでは早速だが、最初のグループの審査を始めよう」

審査は太郎助の発言を受けて進行。

水着姿のアイドル候補生たちがステージに並び始める。

ところで今この瞬間、一連のやり取りを外野から眺めているのは、なにも西野《にしの》ばかりではない。旅館のモニタリングルームから場所を移して、ローズとガブリエラの二人も露天風呂がある屋外浴場に出張っていた。

「お姉様、とても窮屈です。もっとそちラに詰めてください」

「お、押さないで頂戴！　こっちもギリギリなのよっ！」

ただし、裏工作が西野《にしの》にバレては大変なことだ。

表立って姿を現すような真似《まね》はできない。

陰ながら水着審査を操作するべく、物陰に隠れて進行を見守っている。より具体的には、露天風呂に面した幅の狭い桂垣《かつらがき》の裏側。利用客の目から隠すように設置された水回りの機材に囲まれた僅かなスペース。そこからステージを覗《のぞ》き見している。

「なにやラ臭いますね。お姉様、オナラをしましたか？」

「してないわよ！」

「だったラ何が原因なのでしょうか……」

「……貴方《あなた》が踏んでいるそれ、猫か何かの糞《ふん》じゃないかしら？」

「っ……!?」

二人が慌ただしくしている間にも、水着審査は淡々と進んでいく。

ステージの上ではアイドル候補生たちが、グループごとに入れ替わり立ち替わり。一分というアピールタイムを懸命に利用して、アカペラで歌を歌ったり、その場でセクシーポ

ーズを披露したりと賑《にぎ》やかにしていた。

与えられる点数は審査員によってまちまちだ。低い点数ばかり付ける審査員がいれば、四点や五点を頻繁に出す審査員もいる。あるいは特定の感性に響いた場合にだけ高得点を与えるなど、それなりにキャラクター性が感じられた。

そうして三十分ほどが経過すると、委員長たちの順番がまわってきた。

「それじゃあ次のグループ、ステージに上がってくれたまえ」

太郎助《たろうすけ》の指示に従い、志水《しみず》、松浦《まつうら》さん、他二名の順番で移動。

スルスルと舞台の上に並び立った。

審査員は元より、居合わせたアイドル候補生一同からも注目を受ける。学内では委員長という役柄を務めている都合上、他人からの視線には多少なりとも慣れているつもりであった志水だ。けれど、これには少なからず緊張を覚える。

対して堂々としているのが松浦さん。

自慢の胸を張って、もっとこっちを見なさいよ、と訴えんばかり。

「順番にアピールタイムだ。志水君から始めよう」

「は、はい！」

太郎助の口から、これまでにも繰り返されてきた指示が出る。

これに応じて委員長は一歩を踏み出す。軽く身体《からだ》の柔らかさでもアピールしようかと考えた志水だ。水泳部員として日々ストレッチを欠かさない彼女だから、股割り程度であればそつなくこなすことができる。むしろ日常の習慣だ。

人前で行うには恥ずかしいが、歌を歌ったり、ダンスをしたりするよりはマシだと考えていた。実際にはそれらよりも遥《はる》かに羞恥的な光景が出来上がることに、なんら気付いていない初《うぶ》な処女の選択である。

そんな体たらくだから、男子水泳部には通年新入部員が絶えない。

勢いよく足を開いて、ぐいっと腰を下に落としていく。

そうした時分の出来事である。

猫のウンチから立ち直ったガブリエラに動きがあった。

より厳密にはローズに促されて、涙目になりつつのファイト一発。

「ターゲットが動いたわ、仕事をして頂戴」

「こんなことなラ、サンダルを履いてくレばよかったです」

視線を委員長に移して、ガブちゃんの不思議パワーが炸裂《さくれつ》する。

今まさに股を左右へ開いて、股間をステージに付けるべく身体を下げた志水。その腰のあたりで結ばれていた水着の結び目が、彼女の力により緩んだ。わざわざフェイクではない紐《ひも》パンが用意されていたのは、ローズとガブリエラの仕込みである。

「つ……!?」

股を割った直後、委員長の股間からボトムスがはらりと落ちた。

傍目《はため》には急な動きに応じて、結び目が解けたかのようだ。

他の誰でもない、志水《しみず》自身もそのように感じていた。

委員長のアレな部分が、審査員を筆頭とした観衆の面前に晒《さら》される。

——かと思われた。

ほんの一瞬、肌色が垣間《かいま》見えた直後の出来事である。

ヒュウと風が吹いて、落ちた水着が再び委員長の局部を隠した。

それはぺたりと肌に張り付いて、前張りさながら、志水の局部をうまい具合に覆い隠す。ピッタリとステージに触れた尻肉のおかげで、他へ飛んでいくこともない。少なくともそのように感じられる水着の動きが、彼女の貞操を危ういところで守った。

「っ……」

間髪を容《い》れず、本人も自らの手で股間を覆う。

直後にはステージの脇から、女性スタッフがバスタオルを片手にやってきた。股を割った姿勢のまま、これを腰に巻き付けたことで、どうにか事なきを得た委員長である。ドキドキと胸を鳴らせつつも、自らの足で立ち上がる。

そんな彼女の耳元で、松浦《まつうら》さんからは非難がましい囁《ささや》きが。

「委員長、今のは卑怯《ひきょう》じゃない？」

「ぐ、偶然だから！　狙った訳じゃないからっ！」

甚だ不本意な指摘から、志水は顔を真っ赤にして吠《ほ》えた。

二人のやり取りを目の当たりにして、ローズからも声が上がる。

「ちょっと、ぜんぜん駄目じゃないの」

「恐ラくですが、他所《よそ》から妨害を受けました」

対してガブリエラの視線は、ステージを離れて会場の隅に向かった。

そこには審査の開始前と変わらず、静々と立つ西野《にしの》の姿がある。

「他所からって、もしかして西野君が？」

「はい、そうです」

「まさか私たちに気付いているのかしら……」

「こちラには気付いていないと思います。もしも気付いていたのなラ、紐《ひも》が解けルより以前に対応していた可能性が高いです。ただ、念の為《ため》にコレ以上の横やリは、控えておいた方がいいかもしレません」

「……分かったわ」

委員長のアピールタイムを邪魔したことで、ひとまず成果とした二人である。即座に退場してしまった手前、志水に与えられた点数は芳《かんば》しくないものだった。もう少し経過してからであれば、結果はまた違っていたかもしれない。

委員長の次は、松浦《まつうら》さんのアピールタイムが始まった。

一歩を踏み出した彼女は、審査員に向き直る。

選択したのは大半のアイドル候補生と同様、ポージングによるアピール。

松浦さん的にはダンスや早押しクイズなどより遥《はる》かに得意な種目だ。

小学生の頃から自らの女を売ることに執着してきた彼女である。どういった姿勢でどういった表情をすれば、異性が喜ぶのかは知り尽くしている。グラビア雑誌のモデルさながら、ここぞとばかりに乳、尻、太ももを訴える。

そうした只中《ただなか》のこと、腰に当てていた手を他所《よそ》へ動かそうとした際に、指先が水着の結び目に掛かった。本人はこれに構わず腕を大きく動かす。勢いよく引っ張られた紐《ひも》は、そのまま解けてはらりと垂れた。

支えを失ったボトムスは、そのままステージに向かい真っ逆さま。

「ちょ、松浦さんっ……！」

ステージの袖から、バスタオルに包まれた委員長の声が響く。

すると直後には、これまた急に吹いた謎の突風。都合のいい風。

西野《にしの》マネージャーによる懸命なフォローアップが入った。

股間から落ちようとした水着をお肌にペタリ、張り付けんとする。

「っ……！」

しかし、松浦さんはこれを決して良しとはしなかった。

くるりとその場で一回転、自らショーツを腰から振り払う。

観衆の面前とあって、流石《さすが》の西野もそれ以上のアクションは憚《はばか》られた。再び張り付けることも不可能ではない。しかし、振り払われた水着がブーメランよろしく戻ってきては、いくらなんでも不自然である。

顕《あらわ》になったのは、陰毛が剃《そ》られてツルツルになった恥部。

そして、局部を隠すよう縦に貼り付けられた小さな前張りだった。

回転を終えたのなら間髪を容《い》れず、股間を前に突き出してアピール。

直後、さも今気付きましたといった面持ちとなり彼女は声を上げた。

「あっ、ごめんなさい。水着が落ちてました……」

オーディションが出来レースであることを理解している松浦さんだから、それ以外の部分で業界人の目に留まるように必死だった。その為《ため》ならポロリくらいは屁《へ》でもないと訴えんばかりの振る舞いである。

そして、今回の審査員は彼女的に当たりだった。

現役女子高生からの露骨なアプローチ。頂ける機会があるなら頂いてしまいたい面々は、今回の出会いを次に繋《つな》げようと五点を連発。早押しクイズの低評価も手伝い、多少は高評価を与えたところで問題はない松浦さんのポジションである。

なによりそれ以前のアピールもかなりのものであった。

唯一、女性の審査員だけが四点を入れた。

一連のやり取りを眺めては、ローズとガブリエラも呆《あき》れる他にない。

「あの痴女に加担せずに済んで、むしろ幸いであったわね」

「彼女の貪欲さは、我々も見習うものがあルかもしレません……」

最終的に松浦《まつうら》さんがポロリで稼いだ点数は、単独トップを飾る来栖川《くるすがわ》アリスと一点差。次点で二位に落ち着いた。当然ながら他のアイドル候補生からは、侮蔑の眼差《まなざ》しが絶え間ない。誰もが痴女の自演に気付いていた。

同じような経過を辿《たど》り、本人から卑怯者《ひきょうもの》呼ばわりされた委員長は苛立《いらだ》ちも一入《ひとしお》。

それでも松浦さんの振る舞いは、これまでと何ら変わりない。

審査を終えた彼女は笑みを湛《たた》えて、意気揚々と物置部屋に戻っていった。

〈オーディション　三〉

水着審査を終えると、アイドル候補生一同には自由時間が与えられた。

夜になるまでは館内で好きに過ごして構わないとのお達しだ。

撮影スタッフからすれば、後日のオンエアに備えて、審査とは関係のない映像を撮影する為《ため》の時間となる。機材を抱えて慌ただしく館内を歩き回り始めた。アイドル候補生たちも気分を盛り上げてこれに対応する。

そうした只中《ただなか》、ローズとガブリエラは太郎助《たろうすけ》と顔を合わせていた。

場所は関係者以外立入禁止、畳敷きのモニタリングルームである。

「アイドルの追っかけ？　それがどうかしたのかしら」

「ここの旅館でオーディションが行われていて、そこに来栖川が参加しているとネットで流出したらしい。他の子はさておいて、彼女のファンは下手なアイドルよりも数が多いから、その関係で賑《にぎ》やかになっているみたいなんだが」

「ソレがどうしたというのですか？」

畳敷きの部屋の中央で、座卓を囲いながら言葉を交わす。

卓上には各々の手元で湯呑《ゆのみ》が湯気を上げる。

中央にはお饅頭《まんじゆう》が入れられた菓子鉢。

太郎助《たろうすけ》が場違いな花柄スーツを依然として着用している一方、ローズとガブリエラは昨日から変わらず浴衣姿だ。同所では足を崩して座ったり、寝転んだり、かなり自由に過ごしていた為《ため》、裾や胸元が微妙にはだけている。

もしも童貞が居合わせていたら、多少なりとも意識が向かったことだろう。しかし、生まれてこの方、女に困った覚えのない太郎助は、それよりも自らの仕事の進捗が気になる。なんら気にした様子もなくやり取りを続けた。

「水着審査を盗撮したと思《おぼ》しき写真がネットに上げられていてな……」

「なルほど」

「それ自体は販促に利用できるからいいんだ。ただ、画像と合わせて彼女への怨恨を匂わせる、少々物騒なメッセージまで提示されているから、どうしたものかと。こうなると何かあった場合に、色々と問題になるだろう？」

「そんなの警察に通報すればいいじゃないの」

「後日、然《しか》るべき対応は取るつもりだ。しかし、オーディションの流れは変更したくない。警察に連絡を入れると手間や時間がかかる。まず間違いなく撮影に支障がでる。そこでアンタたちに頼みたいんだが……」

「私たちにその追っかけとやラを捕まえロ、ということですか？」

「館内や旅館の周辺を確認して回るだけでも十分だ。同じことは手の空いたスタッフにも頼んでいるが、アンタたちのお墨付きを得られれば、安心して撮影を続けられる。明日の午後、オーディションが終わるまでの安全が確保できれば十分だ」

祈るような面持ちで太郎助は二人に語った。

先んじて返事をしたのはローズである。

「助力を提案したのはこちらだから、見回り程度であれば構わないけれど」

「一方的にすまないが、そう言ってもらえると助かる」

「ですがお姉様、館内で彼と遭遇したら面倒ではありませんか？」

「【ノーマル】が相手でも、この手の行いで遅れを取るつもりはないわ」

「そういうことを言わレルと、なんだか悔しい気分になります」

普段ならあり得ない快諾である。しかし、今回は意中の彼から委員長や松浦《まつうら》さんを引き剥がすという目的が存在している。その為にはオーディションの成功と、来栖川《くるすがわ》アリスのデビューが最短ルートだ。

ローズとしても太郎助への協力は吝《やぶさ》かでない。

「先方について、何か分かっていることはあるのかしら？」

「画像がリークされたソーシャルメディアのアカウントなんだが、以前から来栖川と関わり合いがあったカメコのものらしい。とはいっても、実際にやり取りをしていたのは、彼女がコスプレを始めた当初のようなんだが」

「振られた男の意趣返しってところかしら？」

「本人にも確認したが、付き合っていた事実はないそうだ」

「都合よく使われていた男が、捨てられたことで復讐に目覚めたのですね」

「まあ、そんなところだとは思うが……」

「だとすれば、そう大した仕事ではないわね」

短く呟《つぶや》いて、ローズが座布団から腰を上げた。

浴衣姿のまま、廊下に向かい歩いていく。

「あ、待ってください、それでしたら私も一緒に行きます！」

「構わないけれど、足を引っ張らないように注意して頂戴ね？」

あなたこうだと賑《にぎ》やかにしながら、二人は客間を出ていった。

一人残された太郎助《たろうすけ》は、その背中を不安そうに見守るばかりだ。

◇◆◇

ところ変わってこちらは旅館内のゲームコーナー。

所狭しと並んでいるのは、昭和の薫りを漂わせるレトロなゲーム機の数々。スマートボールやパンチングマシン、モグラ叩《たた》きといった、都内のゲームセンターでは滅多《めった》にお目にかかれないラインナップだ。

夜までの自由時間、こちらで委員長と松浦《まつうら》さんは暇を潰していた。

ただし、両者の温度感は隔絶している。委員長が物珍しさから場内をフラフラと遊び歩いているのに対して、松浦さんは設置されているゲームを隅から順番にプレイ。真剣な面持ちで筐体《きょうたい》に向き合っている。

「松浦さん、やたらと熱心にゲームしてるよね」

「ここのゲームが審査に使われる可能性もあるでしょ？　自由時間のうちに一通り遊んでおけば、他の子たちよりも有利になるじゃん。見るからにレトロ感を売りにしたゲーセンだし？　備えあれば憂いなしでしょ」

「……その情熱を一割でも、学校の勉強に向けたらいいのに」

「たしかに松浦さんの指摘は十分考えられる。ここの遊技場は旅館の売りの一つでもあるという。アイドルになる上での審査としては弱いが、後日、映像作品とすることを考えたのなら、先方も検討していないということはないだろう」

松浦さんの意見に対して、偉そうに講釈を垂れたのは西野《にしの》だ。

自由時間になってからは二人と行動を共にしていた。

現在は彼女の後ろに立ち、委員長と一緒に様子を眺めている。

「でも、それにしては他の子の姿が見えないんだけれど」

「他の候補生であれば、館内で撮影スタッフを追いかけていたな」

「普通はそうするわよね……」

人気《ひとけ》も皆無のゲームセンター内を眺めて呟《つぶや》いた委員長。

フツメンは丁寧に受け答えする。

こうした何気ないやり取りが、心底喜ばしい童貞野郎だ。

しばらくして松浦《まつうら》さんの手元が静かになる。

どうやらゲームを終えたようで、その意識は一つ隣の筐体《きょうたい》に向かった。

「委員長、次これ。対戦ゲームだから私の相手になってよ」

「ええ、私あっちのパンチングマシンやりたいんだけど……」

「だったら自分が相手になろう」

「まあ、西野《にしの》君でもいいか。それじゃあコイン、入れるよ？」

「あっ、そ、それじゃあ私も見てようかな……」

同じクラスの異性二人と温泉旅館でゲームセンター。

やたらと青春っぽい状況に、西野の気分は盛り上がる。しかも本日は、ローズやガブリエラの姿が見られない。本業は抜きにして、学友と共に過ごす旅館でのひととき。フツメン史上、最大と称しても過言ではない青臭さだった。

人気がない古風な遊技場、というノスタルジックな環境も美味《おい》しい。

更に委員長と松浦さんは浴衣姿ときたものだ。

しかし、そうした時間も長くは続かない。

遠方から短く、悲鳴のようなものが聞こえた。

ややあってパタパタと人が走り回る足音が近づいてくる。

自然と三人の意識はゲームセンターの出入り口に向けられた。

すると時を同じくして、姿を現したのはサングラスとマスク、それにニット帽で首から上を被《おお》った男性だ。ジーンズにワイシャツ、上からパーカーを羽織った出《い》で立《た》ちは、旅館のスタッフとは思えない。

首からはレンズの付いた大きなカメラを下げている。

スマホやコンデジとは一線を画したボディーはフルサイズのもの。

「っ……」

彼は場内に西野たちの姿を確認して、急停止、からの回れ右。

遊技場内に足を踏み入れることなく、ドタバタと他所《よそ》へ向かっていった。

その足音はすぐに遠退《とおの》いて、面々からは聞こえなくなる。

「なに、今のヤバそうなの」

自《おの》ずと松浦さんの口からは疑問が漏れた。

委員長も首を傾《かし》げる。

「お客さんとか？　首からカメラを下げてたし」

「いくらなんでもアレはないでしょ」

そうこうしていると、また新たに人の気配が近づいてきた。

次いで姿を現したのは、来栖川《くるすがわ》アリスである。

駆け足で遊技場を訪れた彼女は、出入り口付近で立ち止まり、ハァハァと息を荒くしながらフロア内を見渡す。人がほとんど見られない界隈《かいわい》であるから、そこに佇《たたず》む西野《にしの》たちの姿は目立った。彼女もひと目見て彼らを確認すると、その下に歩み寄る。

「ここ、カメラを下げた男、来ませんでしたぁー？」

そして、三人の中から志水《しみず》を選んで尋ねた。

普段の人を馬鹿にしたような口調も、上手《うま》く装えていない。呼吸と共に肩が上下しており、額には汗がビッシリと浮かんでいる。賑《にぎ》やかであった足音が示すとおり、長いこと走り回っていたようだ。

「はぁ？　なにそれ」

口を開きかけた委員長に代わり、松浦《まつうら》さんが言った。

委員長からは、え、さっきの人じゃないの？　とギョッとした眼差《まなざ》しが向けられる。今まさに話題に上げられただろう人物と遭遇していた三人だ。来栖川アリスの必死な姿を目にしたことで、フツメンからも声が上がる。

「困っているようなら、こちらも力になるが……」

「私はお二人と違って、大勢のファンがいて大変なんですよぉー！」

「ファン？」

「来てないんですか？　だったらいーです。どうもでーす！」

そして、顔を合わせるも早々、来栖川アリスは遊技場から去っていく。

廊下を駆けるパタパタという足音も、すぐに聞こえなくなる。

これを確認してから、松浦さんを振り返った委員長が声を上げた。

「っていうか、松浦さん酷《ひど》くない？　教えてあげてもいいじゃん」

「……委員長、多分これだよ。さっきの」

「はぁ？」

委員長が見つめる先、松浦さんはゲームの手を止めて自分の携帯端末に目を向けていた。

ややあって、その画面が志水に向けて差し出される。

まず目に入ったのは、ソーシャルメディアのアプリ。そこには誰とも知れないアカウントの表記と、その持ち主が投稿したと思《おぼ》しき画像やコメントが表示されていた。どうやら屋外で撮影された写真のようだ。

促されるがままにこれを確認する委員長。

直後にはその顔が真っ赤になった。

「な、何よこれっ……」

「何ってそりゃ盗撮でしょ」

松浦《まつうら》さんの言う通り、それは盗撮されたと思《おぼ》しき写真だった。

それも彼女たちが参加したアイドルのオーディション。露天風呂で行われた水着審査を狙っての一枚だ。隅の方には委員長の姿も見受けられる。ビキニのボトムスを落として、腰にバスタオルを巻いた姿が小さく映っていた。

ちなみにその傍《かたわ》らには、松浦さんの姿がある。

後ろを向いているが、腰から下の前張り一丁は間違いない。

当然ながら前面は見えない為《ため》、パッと見た感じ下半身を丸出しだ。

「先程の男が、この写真を撮影した犯人、ということか」

「っ……」

いつの間にやら委員長の背後まで移動してきたフツメンが、彼女の肩越しに松浦さんの
端末を覗《のぞ》き込《こ》んで言った。予期せず耳元から響いた声色を受けて、志水《しみず》の身体《からだ》がビクンと
大きく震え上がる。

即座に振り向くと、そこには西野《にしの》の顔がアップで迫っていた。

「に、西野君、近いっ！」

「ん？　あぁ、すまない委員長」

以前までの志水であれば、問答無用で腕を突き出していたことだろう。けれど、それが本日は何をするでもなく、肩をすぼめるばかり。顔をしかめることもせず、かといって自ら身を引くこともない。

一方でフツメンの意識は正面の端末に注目していた。

そこには写真と併せて、来栖川《くるすがわ》アリスに対する怨恨が綴《つづ》られている。

「写真と併せて、なかなか物騒な文句が並んでいるな」

「十中八九、あのメスガキに捨てられたカメコか何かでしょ？」

松浦さんの指摘どおり、問題のアカウントのプロフィールには、カメラを趣味にしているような記述が見て取れる。来栖川アリスの出自がコスプレ界隈《かいわい》であることを思い起こして、西野と委員長は納得を得た。

指先で画面をスクロールすると、似たような発言が端々に確認できる。

「でも、それにしては立場が逆だったような……」

必死の形相で、館内を逃げ回っていたカメラの男。

直後には彼を追いかけて姿を現した来栖川アリス。

どちらかといえば、アカウントの持ち主の方が虐げられていた。

「そんなの委員長と西野君の関係と同じじゃん」

「それって、ど、どういうことなのよ？」

「男の方が土壇場で反撃されて、逃げ出したんじゃないの？」

「…………」

過去、フツメンに繰り返し暴力を振るってきた志水《しみず》だから、そう言われるとグゥの音も出なかった。直後にはそうした一連の行いが、本人のなかでどのように扱われているのか、途端に不安になってきた彼女である。

暴力的な女だと思われたらどうしよう、などと今更なことを考え始める暴力女。

「いずれにせよ当面は、今まで以上に二人の身の回りを固めたい」

「別に大丈夫だと思うけど？　どうせすぐに捕まるでしょ」

「…………」

以降はこれといって何が起こることもなく、自由時間は過ぎていった。

◇◆◇

その日の夜、アイドル候補生たちは朝にも利用した大広間に集められた。

ズラリと並べられた座卓はそのまま変わりない。ただし、卓上に設けられていた押しボタンが姿を消した代わりに、タワー型のパソコンが人数分並べられている。筐体《きょうたい》には高性能なパーツの搭載を謳《うた》うメーカーのシールが目立つ。

また、正面のディスプレイには一様に、有名FPS《一人称視点シューティング》ゲームの起動画面。

本日最後の審査は、どうやらパソコンゲームでの対戦のようだ。

花柄スーツを着用した太郎助《たろうすけ》の指示の下、アイドル候補生たちは座卓に示されたネームプレートに従い、自らにあてがわれたパソコンの前に座っていく。配置は早押しクイズと変わらず、委員長と松浦《まつうら》さんは隣同士だ。

手元のキーボードを指先で撫《な》でて、委員長が言う。

「松浦さん、昼間言ってた当てが外れちゃったわね」

「……そう思う？」

「だってそうでしょ？　ゲームはゲームでも、パソコンゲームだし」

「私、このゲームの上位ランカーなんだけど」

「え、本当に？」

「いよいよ運が巡ってきたって感じ？」

「…………」

志水と受け答えする松浦さんは、内から湧き出る悦《よろこ》びを抑えるのに必死だ。ついつい笑みが浮かびそうになるのを我慢して、何も知らない振りをしようとして、なんとも複雑怪奇な表情となっている。

ちょっとキモい感じが、委員長的には一歩引いてしまう。

そうした光景をカメラ越しに眺めているのがローズとガブリエラの二人だ。

所在は以前と同様、館内の客室に設置されたモニタリングルーム。

そこでディスプレイ越しにアイドル候補生たちを監視している。

「どうしてアイドルの選抜にパソコンゲームなのかしら？」

「スポンサーの意向であルと、あの男は言っていました」

「あぁ、そういうこと」

「表向きはeスポーツがどうのと言ってもいましたけレど」

壁際にいくつか並べられた座卓と、その上に鎮座している多数のディスプレイ。これを二人並んで覗《のぞ》き込《こ》みながら、ああだこうだと言葉を交わしている。既にお風呂を済ませており、浴衣姿の彼女たちだ。

部屋の中央には、ディスプレイが乗っているものとは別に座卓が設けられており、そこには旅館自慢の会席料理がズラリと並ぶ。本日最後の審査、ゲーム大会の様子を眺めつつ、これに舌鼓を打っている彼女たちだ。

ゲームは全員参加のバトルロイヤル形式。より長く生き残った者から順にポイントが付与される。三回ゲームを繰り返して、合計のポイントを競い合うことになる。司会進行を担当する太郎助《たろうすけ》の口から、そのような案内がアイドル候補生一同に為《な》された。

「肝心の点数は、どうなっていたかしら？」

「現時点ではピンク髪の娘が一番です。次点とはそレなりに点数差があルので、よほど下手をこかない限リ、問題はないと思います。ただ、彼の推していル二人が、次点の集団に揃《そろ》って存在していルのは気になリますが」

「まあ、そういうことなら大丈夫でしょう」

「今回は何も工作を入レていませんが、いいのですか？」

「なんでも本人は、このゲームが随分と得意らしいわよ」

「スポンサーの存在以外に、そレも考慮しての審査、ということですか……」

「どちらかというと、気がかりなのは館内に出たストーカーかしら？」

「結局、お姉様と私も見つけルことができませんでしたね」

「あれから問題のアカウントも、音沙汰なしでしょう？」

「既に敷地外まで逃《に》げ果《おお》せて、一息ついていルのではありませんか？」

「だといいのだけれど」

そうこうしているうちにも、最初のゲームの決着がついた。

勝者は松浦《まつうら》さんである。

監視カメラに備えられたマイク越し、太郎助が松浦さんの名前を読み上げる。大広間の正面に設けられたひな壇には、プロジェクターに投影されて、彼女のプレイ画面と、その勝利を称《たた》えるゲーム内のメッセージが表示されていた。

本人も満更ではない面持ちでこれを眺める。

対して彼女のことを、忌々し気に見つめているのが委員長だ。

「松浦《まつうら》さん、私のこと最初に倒したの酷《ひど》くない？　碌《ろく》に動いてなかったのに」

「近くに居たんだから仕方がないじゃん。いいアイテムを持ってたし」

「……次は容赦しないから」

「委員長のプレイヤースキルじゃあ、何回やっても無理だと思うけど」

「ぐっ……」

朝の早押しクイズとは一変、苦戦を強いられている委員長だった。一位に輝いた松浦さんとは対照的に、早い段階で倒されてしまった為《ため》、今回の試合で与えられたポイントは、全体からするとかなり低いものだ。

負けず嫌いな性格も手伝い、なにくそとパソコンに向き合う委員長。

そんな彼女たちを西野《にしの》マネージャーは、早押しクイズのときと同様、大広間の隅からジッと見守っている。来栖川《くるすがわ》アリスのストーキング騒動を受けて、自由時間からずっと二人につきまとっているフツメンだ。

松浦さんはちょっとウザく感じている。

志水《しみず》は嫌がる素振りを見せるが、彼の視線を意識して髪を弄《いじ》ったり何をしたり。

他方、ローズとガブリエラは予期せぬゲームの勝敗を受けて困惑していた。

「お姉様、コレは対象が得意なゲームだったのではありませんか？」

「……私に言われても困るのだけれど」

ややあって太郎助《たろうすけ》の指示により、ゲームは二回戦が始まった。

ところで、水着審査での露骨な自作自演から、松浦さんはアイドル候補生一同から顰蹙《ひんしゅく》を買っていた。当然ながら二回戦以降、彼女に対する当たりは強いものとなった。一回戦では来栖川アリスが集中的に狙われていたが、それにも勝る集中砲火が迫った。

一部では徒党を組んで挑んでくる始末。

来栖川アリスはこれを利用して上手《うま》いこと立ち回る。

一回戦と比較して、劇的に難易度が上昇した以降のゲーム。

それでも松浦さんは危なげなく、健闘を重ねていった。

これは最終ラウンドとなる三回戦も例外ではない。参加者一同のレベルを把握したのか、終盤は一層動きがアグレッシブになり、一、二回戦を上回るキル数でのフィニッシュ。参加者の半数以上が松浦さんに倒される羽目となる。

結論から言うと、ゲーム大会は松浦さんの圧勝で終えられた。

三試合とも彼女が一等賞である。

二番手には常に来栖川アリスが食い込んでいるが、全ての試合で負け越しているとあらば、両者の力関係は明確である。この手のゲームに疎い委員長にも、如実に実力差の感じられるプレイ結果であった。

ちなみに委員長は二、三回戦も序盤で脱落している。

最後は太郎助《たろうすけ》による松浦《まつうら》さんの優勝宣言。

本日の審査はすべてが終了した。

すると直後、会場では来栖川《くるすがわ》アリスに動きが見られた。

その眼差《まなざ》しは自分を負かした相手を睨《にら》むように見つめている。

一方で松浦さんはパソコンの前に座したまま、自前のアカウントでログイン。大広間から散っていく他のアイドル候補生に構わず、ゲームを引き続き楽しみ始めた。ランカーの称号は伊達《だて》ではなく、本当にこのタイトルが好きなようだ。

部屋に戻ろうと訴える委員長に構わず、ゲームに興じる。

ゆるいアイドル同士の試合で溜《た》まった鬱憤を晴らすべくランク戦。

「松浦さーん、ちょっといいですかぁー？」

「全然よくない。ゲームの邪魔だから●んでくれない？」

チラリとも来栖川アリスを見ようとせず、ゲームに向かう松浦さん。

言葉を交わすごとに塩対応も極まっていく昨今の彼女だ。

「っ……さ、さっきの審査、ズルしてたんじゃないですかぁ？」

「この手のゲームで、どうやってズルなんてできるの？」

「あの動き、絶対に素人じゃないです。どこか他所《よそ》にプロが待機して……」

来栖川アリスの視線が、松浦さんの正面のディスプレイに向かう。

そこでは今まさに、彼女がプレイするキャラクターが映っていた。

キーボードやマウスが操作されるのに応じて、右へ左へ忙《せわ》しなく動きながら、他に大勢いるライバルを片っ端から屠《ほふ》っていく。一連の動きは淀《よど》みないもので、傍目《はため》にも熟練のプレイヤーであることを感じさせるものだ。

その中でも彼女の意識を引いたのは、隅の方に表示されたユーザー名。

「な、なんで mochimochi 様のアカウントッ!?」

「だって、私が mochimochi だし」

「えっ……」

しかも松浦さんが利用しているキーボードやマウスは、今回の企画に向けてオーディションの運営が用意したものだ。スポンサーの都合からゲーミング仕様ではあるが、彼女が自宅で利用しているデバイスとは雲泥の差である。

それでも画面内では、mochimochi 様が健闘していた。

来栖川アリスや委員長が見つめる先、松浦さんは次々と対戦相手を倒していく。その流れるような動きを目の当たりにしたことで、同所まで不平不満を喚《わめ》きに来ただろう前者も、続く言葉を失った。

彼女たちが集まったことで、他のアイドル候補生からも注目が向かう。

やがて、松浦《まつうら》さんが最後の一人まで勝ち残った。

プレイ後のリザルト画面には、今回のゲームに対するレポートと一緒に、アカウントの情報が表示された。そこに表示された勲章のアイコンは、審査前に委員長へ語ってみせたとおり、ごく一部のトップ層だけが手にできる代物だった。

松浦さんのプレイを眺めて、呆《ほう》け顔となった来栖川《くるすがわ》アリス。

その口からボソリと呟《つぶや》きが漏れた。

「アリス、sayopon っていうアカウントでいつも対戦してました」

「あぁ、隅の方からライフルでコソコソと狙ってくる人」

「…………」

松浦さんは彼女に目を向けることなく淡々と応じる。

リザルト画面を眺めていたのも束《つか》の間《ま》のこと。すぐさま次のゲームに向けて、マッチング画面に進む。流れるようなマウス捌《さば》きは、彼女が日常的にこちらのゲームを遊んでいることを示していた。

「sayopon、接近時の位置取りが甘いんだよね」

「そ、それはっ……！」

「でも、エイムはいい線いってると思う。光るものがある」

「っ……」

ゲーム画面をジッと見つめたまま、淡々と言葉を返す松浦さん。その何気ない呟きに、ほんの一瞬、来栖川アリスの表情が綻んだ。憧れのプレイヤーから少しでも褒められたのが嬉《うれ》しかったらしい。

え、喜んじゃうの？　とはすぐ隣に立った委員長の驚きである。

ただ、直後には何かを思い出したかのように、ハッと表情が変化。

プルプルと全身が震え始めたかと思えば、眉間にはシワが生まれた。

目の前に座した人物が、尊敬するゲームプレイヤーであると同時に、自らのアイドル道を邪魔せんとする、憎きアイドル候補生であると思い出したようだ。ここ数日の間に与えられた酷《ひど》い台詞《せりふ》の数々は、忘れようと思ってもなかなか忘れられない。

「デ、デビューするのはアリスですから！　アリスなんですからぁっ！」

色々な感情が混ざり合って、複雑な面持ちとなった来栖川アリス。

彼女は捨て台詞を残して、大広間から逃げるように駆け出していった。

居合わせたアイドル候補生一同は、何がどうしたと言わんばかりの表情で彼女の背中を見送った。これは委員長も例外ではない。ただ一人、松浦さんだけが我関せず、ゲーム画面を見つめて、キーボードをカタカタとやっている。

「松浦さん、あの……」

「黙ってて、気が散るから」

「……うん」

何もかも適当な松浦《まつうら》さんだが、同タイトルに懸ける思いだけは本物だった。

〈オーディション 四〉

翌日、委員長たちは館内放送を受けて、朝から旅館の駐車場に集まった。

直後にはオーディションの運営から、バスの車内で体操服に着替えて来てください、との指示。ご丁寧にシューズまで用意されているものだから、何かしら運動を伴う審査が行われることは、呼び出されたアイドル候補生一同、誰もが予感していた。

現場は旅館を訪れた当初にも目にした界隈《かいわい》である。

移動に利用したバス以外、自動車はほとんど停《と》められていない。

「ずっと旅館に籠もってたから、気分転換に丁度いいわね」

体操服に着替え終えるや否や、ストレッチを始めたのが委員長。

その言葉通り、気持ち良さそうに身体《からだ》を動かしている。

これに対して松浦《まつうら》さんは目が死んでいた。

「終わった。これマジで終わったし」

誰に何と言われようとも、運動が嫌いな文化系サークルの姫だ。

よく晴れた空を見上げて、背中を丸めている。

昨日、ゲーム大会で輝いていた姿は微塵《みじん》も感じられない。

「少しくらい前向きに考えたらどうなの？」

「考えるまでもなく無理だから」

「私も色々と調べたけど、アイドルってかなり体力勝負らしいよ？　ライブとか一時間以上、ずっと動きっぱなしになることもあるみたいだし、その上で歌とか歌っちゃう訳でしょ？　五キロくらいは普通に走れないようじゃ、辛《つら》いと思うんだけど」

「そういうのはデビューしてから考えるべきじゃない？」

「普段はデビュー後のことばっかり考えてる癖に……」

彼女たちから少し離れたところにはフツメンの姿もある。

二人のことを遠目に見守っている。

昨日、遊技場で偉そうに語ってみせたとおり、昨晩から一睡もせずに委員長と松浦さんの警護に当たっていた西野《にしの》マネージャーだ。彼女たちが寝入って以降は、物置部屋に面した廊下に立ち、寝ずの番をしていた。

それでも本日、委員長たちを見つめる姿には隙がない。

気になるあの子に格好《かっこ》いいところを見せようと、必死な童貞だった。

ややあって、太郎助《たろうすけ》がやって来た。

本日も花柄スーツとサングラス、カツラ、付け髭《ひげ》で変装している。

彼の姿を確認したことで、賑《にぎ》やかにしていたアイドル候補生たちは静まった。映像機材を抱えたスタッフたちも配置に付く。委員長と松浦さんも会話を止《や》めて、他の参加者と同様、彼に向き直った。

会場の用意が整ったことを確認して、太郎助《たろうすけ》からは朝の挨拶に始まり、残すところ審査は二つであること、更には本日の午後にも、オーディションの結果が発表される旨が伝えられた。

「どうか最後まで諦めることなく、頑張ってもらいたい」

出来レースの癖によく言うよ、とは松浦《まつうら》さんの愚痴だ。

ちょっと聞こえるわよ、と委員長に肘で小突かれる。

「ところで、これより行う審査についてだが……」

挨拶に続いて、審査の詳細を説明するべく声を上げる太郎助。

その懐で不意にブブブと音を立てて端末が震えた。

どうやら着信のようだ。

「失敬」

手早くスマホを取り出して、回線を繋《つな》ぐと共に耳元へ当てる。

画面の案内によれば、呼び出し元は運営スタッフ。

電話越しに伝えられたのは、怪しい男が旅館の敷地内で捕まった、との報告であった。

なんでも警戒に立っていたスタッフの一人が、旅館内で関係者でもなく、旅館の従業員とも違う人物を拘束したらしい。

「ああ、分かった。代わりの者を向かわせる」

電話越しのやり取りは、時間にして数十秒ほど。

直後には別所に連絡を入れて、不審者の対応を頼み込む。

そして、自身は改めて面前のアイドル候補生たちに向き直った。

続けられたのは、これから行われる審査の説明である。

「昨日、アイドルには教養が必要だと伝えた。しかし、頭でっかちにアイドルは務まらない。連日にわたって全国の会場を駆け巡り、舞台の上でライブパフォーマンスを行う。その為《ため》には何よりも体力が必要だ」

学校では中学高校と、マラソンの授業で見学を連発していた松浦さん。

耳の痛い話である。

委員長からも、それ見なさいよ、といった眼差《まなざ》しが向けられた。

「そこで本日は当初の予定通り、体力審査、要はマラソンを実施する」

昨日にも話題に上がった来栖川《くるすがわ》アリスの追っかけ。その存在を危惧して、マラソンに代わり、腕立て伏せや反復横跳びなど、場所の移動が必要のない審査を考えていた太郎助である。しかし、犯人が捕まったとあらば、その限りではない。

こうして委員長たちは、旅館の近辺を走り回ることになった。

太郎助の言葉に従えば、スタート地点は今も彼女たちが立っている駐車場。そこから旅館の敷地やその近隣に設けられたコースを一周して戻ってくる形だ。評価の方法は単純明快、ゴールした順番によってポイントが加算されるとのこと。

急な方向転換を受けて、撮影スタッフは旅館内の各所に散っていく。

「そういえば今日はあの子、何も言ってこないわね」

「委員長、あのメスガキのことが気になるの？」

「気になるってほどじゃないけど……」

少し離れたところにピンク色の頭髪を確認して委員長が言った。

応じる松浦《まつうら》さんは辟易《へきえき》とした面持ちでやり取り。

ややあってオーディションの運営スタッフから、アイドル候補生たちにコースの案内や、随所に配置されたカメラの存在などが説明された。そうしている間にも各所では支度が進められて、駐車場にもスタートラインが引かれる。

真《ま》っ直《す》ぐに引かれた白線の下、アイドル候補生たちが真剣な表情で並ぶ。

支度がすべて整ったところで、いよいよ審査が開始。

「それでは、よぉーい、ドン！」

太郎助《たろうすけ》の声に併せて、パァンと甲高いピストルの音が鳴り響いた。

◇　◆　◇

ところ変わって、こちらは旅館内に設けられた客間の一室。

八畳一間の和室には、その中ほどに人が一人倒れていた。両腕を体の上からガムテープでグルグル巻きにされている。両足も同様に拘束されており、一人では歩くことはおろか、立ち上がることも難しそうだ。

口にも同じようにテープが貼り付けられていた。

太郎助が連絡を受けたところ、敷地内で見つかった怪しい人物である。

そして、同所には他に二名だけ、人の姿が見受けられる。

ローズとガブリエラだ。

駐車場でオーディションの対応に当たるイケメンに代わり、荒事の面倒見を頼まれた次第であった。モニタリングルームで寛《くつろ》いでいたところ、電話越しに指示を受けて、こちらの部屋までやって来た形である。

本来であればすぐにでも警察に突き出すべきだろう。しかし、それをしてしまうと現場検証だ何だと、オーディションの撮影に支障を来すことが想定された為《ため》、現場の責任者である太郎助は、半日ほど通報を遅らせることに決めた。

そこで暫定的に見張りの任を仰せつかった彼女たちである。

他のスタッフについては、彼の指示で人払いが為《な》されていた。

するとどうしたことだろう。

畳の上に転がった相手は、彼女たちも見知った人物であった。

「貴方《あなた》、西野《にしの》君と同じクラスの子よね？」

「んんっ⁉　んんぅううんんふぅううう？」

ガムテープで巻かれているのは、二年A組の男子生徒。

クラスでも指折りのイケメン、鈴木《すずき》君であった。

彼も二人を目の当たりにして、目を見開き驚いた。

それまでジタバタと激しく動き回っていた身体《からだ》も、彼女たちの姿を確認したことで動きを止めた。どうしてローズちゃんとガブリエラちゃんがここにいるのかと、自らの置かれた状況も手伝い、混乱の只中《ただなか》にある鈴木君だ。

「…………」

このままでは会話も儘《まま》ならない。

ローズが目配せすると、隣に付き従っていたガブリエラが動いた。

ビッと一息に、口元に貼り付けられていたテープが剥がされる。

肌を引っ張られる痛みに、鈴木君の口からは悲鳴が上がった。

「こんなところで何をしているのかしら？」

「いや、そ、それはそのっ……」

ローズの問い掛けに対して、鈴木君は視線を逸《そ》らした。

何かしら疚《やま》しいものを抱えているようだ。

続く言葉も失われる。

「このままだと貴方は、まず間違いなく警察に突き出されると思います。当然、親御さんにも連絡が入るでしょう。場合によっては学校にも連絡がいくかと思います。この後の人生にも大なり小なり、影響が生じるのではないでしょうか」

「お、俺はただ、委員長のことが心配なだけなんだっ！」

しかし、それもガブちゃんの言葉を受けては一変である。

鈴木君は声も大きく訴えた。

何故《なぜ》ならば彼は、スポーツ推薦で大学に進学する予定である。この状況で学校に連絡がいったら、まず間違いなく、その道は閉ざされるだろう。まさか今から受験勉強を始める気にもなれないスポーツマンである。

「心配？　それと旅館への不法侵入が、どう関係しているのかしら」

「ネットでここの写真を見たんだよ。アイドルのオーディション会場で委員長が、バスタオル姿で困った顔をしてるじゃん？　しかも近くに下半身丸出しの痴女みたいなのが映ってたりしたら、そんなの友達として放っておけないだろ？」

「なるほど、そういうことでしたか」

昨日、水着審査に際して行われたガブリエラの裏工作と、松浦《まつうら》さんの破廉恥な自演が、巡り巡って鈴木《すずき》君の社会生命をガリガリと削っていた。彼女たちからすれば、よくまあそれだけのことで、遠方の会場までやって来たと感心である。

「せっかくの休日に熱海《あたみ》まで足を運ぶなんて、よほど暇にしてたのね」

「学生の身分では、交通費も馬鹿にならないのではありませんか？」

「っ……そ、それは、委員長の為《ため》なら、それくらいは別にっ……！」

羞恥からだろう、再び鈴木君の視線が逸《そ》らされる。

ローズとガブリエラは目の前の人物が、委員長に対して好意を抱いていることを理解した。同じ現場に居合わせており、それでも名前が全く挙がらない松浦さんの存在を思えば、まず間違いないだろう、と。

おかげで彼の言葉にも信憑性《しんぴょうせい》を感じ始めた。

実際にはそれに加えて、西野《にしの》に対する反発が大きかった。フツメンが誘った不埒《ふらち》なビデオの撮影会場から、颯爽《さっそう》と委員長を助け出す自らの姿を胸に抱いて、東海道を下ってきた鈴木君だ。一昨日《おととい》には松浦さんが教室で、ＡＶ嬢がどうのとイキっていた点も大きい。

「っていうか、二人こそどうしてこんな場所にいるの？」

これ以上の突っ込みは勘弁とばかり、話題を変えんとする鈴木君。

すると今度はローズとガブリエラが返答に困る番である。

まさか素直に事情を説明する訳にもいかない。

「志水《しみず》さんからバイトに誘われたのよ。なんたって女性アイドルのオーディションでしょう？　現場では女の手もそれなりに必要らしいのよね。それで彼女たちにも話が回っていたみたいで、ご相伴に与《あずか》って二泊三日の温泉旅行よ」

よくまあペラペラと嘘《うそ》を吐《つ》けルものです、とはガブちゃんの寸感だ。

ローズ的には、委員長に対して不満が募っていく。どうしてあの娘はいつも面倒事を連れてくるのかしら、だとか、後で口裏を合わせる必要があるわね、だとか。自分たちの行いは棚に上げて、矢継ぎ早に思考を巡らせる。

「それってもしかして、このオーディションは……」

「何を考えていたのかは知らないけれど、真っ当な事務所が開催している健全なオーディションよ？　写真に映っていたアイドル候補の一人なんか、それなりに有名な人物だったらしいけど、知らなかったかしら？」

「コスプレで有名？　みたいなのは見たけど、際どいのも多かったんだよ。だから、そっち系の可能性もあり得るっしょ？　ローアングルから狙ったような写真もやたらと沢山あったし、ちょっとキモい系っていうか」

「たしかにネットで検索すルと、その手の写真が出てきた覚えがあります」

「そ、そうだよね？　俺もガブリエラちゃんと同じの見たんだよ！　露骨にエロいジュニアアイドルモノとか撮影している事務所も、世の中には結構あるっしょ？　ああいうのに委員長が引っかかったんじゃないかって思っちゃってさ」

鈴木《すずき》君の話は終始一貫しており、説得力が感じられた。

それでも念の為《ため》に、ローズは確認の言葉を述べる。

「随分と詳しいようだけれど、貴方《あなた》、来栖川《くるすがわ》アリスの追っかけじゃないわよね？」

「いやいや、そんな訳ないから。むしろ昨日になって初めて知ったくらいだし」

「……そう」

決して嘘《うそ》を言っているようには見えなかった。

簀巻《すま》きにされている為、何を口にしても決まらないイケメン。

それでもローズやガブリエラを見つめる眼差《まなざ》しには淀《よど》みがなかった。

「ところで、これって剥がしてもらえないかな？　なんか他の誰かと勘違いされてるみたいなんだよね。全然こっちの言うこと聞いてもらえなくて、めっちゃ困ってたんだよ。一方的に怒鳴られまくっちゃって、マジ意味分からないし」

「この旅館が貸し切りなのは知らなかったのかしら？」

「初めにそう言われたけど、や、やっぱり委員長のことが気になってさ……」

「不法侵入の事実は、なかったことにならないと思うのですが」

「っ……ど、どうにかならないかな？　警察だけは勘弁なんだけど」

「分かったわよ。私たちから上に事情を説明してあげるから」

「本当!?　マジで助かるよローズちゃん！　ガブリエラちゃん！」

個人的にはすぐにでも警察に受け渡してしまいたいローズだ。

その方が手間もなくていい。

しかし、それが理由で西野《にしの》の機嫌を損ねては本末転倒である。彼がクラスメイトに向ける好意を思い出して、彼女は素直に助力を約束した。彼女たちが旅館を訪れていることは秘密だが、この状況では西野にバレる可能性も出てくる。

「ですが、そうなルと問題のストーカーは、捕まっていないことになりますね」

ガブリエラの何気ない呟《つぶや》きが、静かな客室にボソリと響いて聞こえた。

◇◆◇

太郎助《たろうすけ》の合図を受けて、アイドル候補生たちは一斉に走り始めた。

事前に説明を受けたコースに従い、駐車場を出発して、旅館や関係施設の敷地を勢いよく駆けていく。要所にはスタッフが立っており、矢印の描かれた看板を利用して進路をナビゲート。併せてカメラが彼女たちの奮闘をつぶさに撮影する。

普段であれば他にお客の姿が見られただろう界隈《かいわい》も、まとめて貸し切っているのか人の姿は見られない。更に朝も早い時間帯とあらば、目に付くのは体操服姿でハァハァと息を荒くするアイドル候補生たちばかり。

そうした只中《ただなか》で、委員長は先頭グループに収まっていた。

すぐ近くには来栖川《くるすがわ》アリスの姿も確認できる。

ちなみに松浦《まつうら》さんは、開始から数百メートルで早々に脱落だ。

「志水《しみず》さん、だんだん、辛《つら》くなってきたんじゃーないですかぁー？」

「そういう貴方《あなた》も、呼吸がちょっと激しく、なってきてない？」

スタッフやカメラの目が届かないところで、ああだこうだと賑《にぎ》やかにも言葉を交わす二人。前者が後者を敵対視するのは、早押しクイズでの敗北も手伝ってだろう。今度は負けられないと、執拗《しつよう》に声を掛けて絡む。

委員長はかなりの健脚だが、来栖川アリスも負けてはいない。

そして、彼女たちは今回オーディションに参加したアイドル候補生たちのなかでも、かなり体力がある方であったようだ。数名で形成されていた先頭集団が、距離を進むにつれて段々と数を減らしていく。

折り返し地点を過ぎると、二人が抜きん出てトップを走るようになった。

志水としては想定外の展開である。

相手は中学生、まさか並ばれるとは思わない。

年配としてのプライドも手伝い、段々とペースを上げていく。

それでも来栖川アリスは必死の形相で喰《く》らいついてみせた。後半は委員長に絡む余裕もなくなり、カメラの存在さえをも忘れてしまったかのように、全身から汗を滴らせつつ足を動かす。志水の斜め後ろ、手を伸ばせば触れられる距離感だ。

「っ……」

後方を確認した委員長は、垣間《かいま》見《み》た先方の表情に鬼気迫るものを感じた。

後日編集が入るとはいえ、デビューを約束されたアイドルのする顔じゃない。顔は汗や鼻水でぐしゅぐしゅ。それでもいい感じのフォームで後ろから迫ってくる。今にも泣き出しそうな顔で付いてきている。

こうなると志水も、いろいろと思うところが出てくる。

なにより彼女自身は、そこまでアイドル業に執着がない。

ラストスパートに向けて余力を残していた委員長ではあるが、この場は来栖川アリスに譲るべきかと考えて、段々と走る勢いを落としていく。併せてはどこにあるとも知れないカメラに向けて、辛そうな演技をすることにも抜かりない。

あたかも本命が最後に逆転を叶《かな》えたかのように。

「ア、アリスの、勝ちっ……！」

これを勝機と見たのか、来栖川アリスがラストスパート。

彼女の背中を見送るように、先頭を入れ替わる委員長。

無理をさせてしまってごめんなさい、と。

その直後、志水《しみず》の視界に妙なものが映った。

往路でも利用したマラソンのコース。

ゴールがある駐車場を近くに迎えて、旅館施設の間から男が近づいてくる。

しかも、どうしたことだろう。

見間違いでなければ、その手には刃物を握っている。

刃渡りのある大型のナイフだ。

首に下げているのはカメラ。サングラスとマスク、それにニット帽で覆われた首から上は、つい昨日にも旅館のゲームセンターで目撃した人物と瓜二《うりふた》つ。シャツやズボンもどことなく見たような感じがする。

そして、先方は来栖川《くるすがわ》アリスを見つめていた。他には一切注意を払っていない。ただ一心に彼女だけを見つめている。地を蹴る勢いにも躊躇《ちゅうちょ》がない。腰のあたりで構えられた凶器は、迷いなく切っ先を彼女に向けていた。

このままでは次の瞬間にでも、アイドル候補生オーディション殺人事件。

「ちょっ……」

面前で展開される光景から、委員長の口からは驚きの声が漏れた。

先頭に躍り出た少女は、走るのに一生懸命で周囲が全然見えていない。口元から唾液を垂らしながらも、輝かしい将来に向かい懸命に駆けている。一歩でも志水より先を行こうと、人としてギリギリいっぱいな感じ。

更には狙ってのことなのか、周囲にスタッフの姿は皆無。

男の接近を認知しているのは志水だけだった。

その事実を理解したことで、委員長の内で正義感が燃え上がる。

「こ、こんのぉぉぉおおお！」

一度は緩めた健脚が、即座にフル稼働。

スパートに向けて温存していた体力を総動員しての急加速だ。

いい感じに温まったランナーズハイが持ち前の正義感と相まってブレイブ。普段であれば恐怖から引けていたかもしれない心が、アクセルを全開にした単車さながら、今この瞬間に限ってはレッドゾーンに振り切れた。

来栖川アリスに迫る男に向かい、一気に距離を縮める。

そして、男の構えた刃物が、対象に触れんとした間際のこと。

照準を相手の手元に定める。

力いっぱい地を蹴りつけると共に、渾身《こんしん》の飛び膝蹴り。

「っ!?」

委員長の膝は、的確に相手の手元を捉えていた。

ちょうど真横から突っ込んだ形である。

手の甲を強《したた》かに打たれたことで、男の手からナイフが放れた。そのまま勢いよく飛んでいき、やがては地に落ちて、カランカランと音を立てながら地面を滑る。二人からは数メートルほど離れて、通り沿いに設けられた建物の脇で止まった。

他方、委員長は男と身体《からだ》をぶつけて、地面に転がる羽目となった。

前者が路上に倒れたのに対して、後者は大きくバランスを崩すも踏ん張りを利かせて転倒を回避。両者の重量的な関係もさることながら、長距離を走り回ってからの飛び蹴りは、志水《しみず》にとって負担の大きいものだった。

一連の気配を受けて来栖川《くるすがわ》アリスの意識も二人に向かう。

「っ……!?」

背後を振り返ったところで、カメラ男の存在に目を見開いて驚く。

すぐ傍《かたわ》らには委員長が倒れており、少し離れては地に落ちたナイフ。

昨日の出来事から、彼女は早々に自らが置かれた状況を理解した。

「し、志水さん!?」

足を止めた来栖川アリスの前で、男に動きがあった。

背負っていた鞄《かばん》をゴソゴソと漁《あさ》り始めたかと思えば、路上へ飛んでいったのとは別に、ナイフを取り出したのである。どうやら予備を持ち合わせていたようであった。さやから抜き放たれたそれは、刃渡り二十センチ近い大ぶり。

倒れた委員長に対して、一歩を踏み出した来栖川アリス。

その身体が恐怖から固まった。

しゃがみ込みたくなるほどの疲労と息苦しさ。

それさえをも忘れてしまうほどの恐怖が全身を襲う。

相手が何を求めているのかは、先方の血走った目からも明らかだった。

昨日には来栖川アリスやスタッフにより不意を打たれて退散、旅館内に潜んでいたカメコである。それが本日、マラソン審査という好機を得ての突撃であった。丸一晩、旅館の屋根裏で息を潜めていた次第である。

鈴木《すずき》君が現地を訪れていなければ、また違っていたかもしれない今この瞬間。

「おまえが、おまえが悪いんだ。僕のことを捨てるからっ……」

「ちょっと待ってよ！　アリスが、何したっていうの!?」

「専用にレンズも買ったし、写真集の撮影だって手伝った。色々と尽くしてきたのに、ちょっと有名になったら、もう会えないってどういうこと!?　これまで僕がどれだけ君のために尽くしてきたと思うんだ！」

「レンズだったら、すぐに定価で代金、お返ししたじゃないですかぁ！　本当に、買うから、こっちもビックリしたんです！　それに写真集、撮影だって、お礼に売り上げの一部、印税、お支払いしてます！」

膝に両手を突いて、ハァハァと肩で息をする来栖川《くるすがわ》アリス。

立っているのも辛《つら》そうだ。

それでも懸命に男との対話を続ける。

「それだけじゃない、ポトレの移動に車だって出してっ……」

「タクシー代、ちゃんとお支払い、してたじゃないですかぁ！」

「だけど僕は、き、君の為《ため》に時間を使って頑張ってきたのに！」

賑《にぎ》やかにも声を交わす来栖川アリスとカメラの男。

少し耳に挟んだ限りであっても、なんとなく事情の知れそうなやり取りだ。すぐ近くに転がった委員長としては、昨日にもソーシャルメディアで後者のアカウントを確認していた為、容易に状況を察することができた。

ところで、言い合う二人から数メートルの地点。

一連の出来事を物陰に隠れて眺めている人物がいた。

松浦《まつうら》さんである。

「……マジ？」

体力審査で予定されていた五キロのコース、まさか走り切ることなどできぬと判断して、早々にも脇道へ逸《そ》れた上、物陰に身を潜めていた彼女である。適当なタイミングで帰還グループに混じり、ショートカットを企《たくら》んでいた。

学校のマラソン授業でも、タクシー移動の常習犯である。

そうした彼女の面前で始まったのが、刃物を交えての喧嘩《けんか》沙汰だった。

直後にはすぐ近くにナイフが飛んできたりしてビックリである。

「…………」

アスファルトの上、陽光を反射してキラリと輝いた刀身。

とても偽物だとは思えない。

収録の演出だとしても、あまりに悪趣味な展開だ。

だからだろう、これを眺めていて松浦さんは思った。

もしやこの場はチャンスなのではなかろうかと。

今回のオーディションが来栖川アリスを担ぐ為の出来レースであることは、彼女も重々承知していた。それでも尚《なお》、誰かの目に留まり拾い上げてもらうことを目指して、ダンスやら何やら頑張ってきた松浦さんである。

その為には誰よりも目立つことが大切だった。

つまり、このタイミングで出ていったら、オイシイのではないかと。

幸い男までは数メートルほど距離がある。近くには既に来栖川アリスの姿があり、ついであり、次に委員長もいる。もし仮に男が荒ぶっても、最初に手を出されるのは来栖川《くるすがわ》アリスでありその間に自身は現場を脱することができる。

そんなゲスい考えだ。

ナイフを片手に牽制《けんせい》の声を上げるだけなら、そこまでのリスクはない。一方で物事が上手《うま》いこと解決した暁には、多大なる貸しを先方に与えられる。脳内でそろばんを弾《はじ》いた松浦《まつうら》さんは、即座に行動へ移った。

物陰から飛び出すと共に、男の手元から飛んできたナイフを拾う。

そして、切っ先を正面に突き出すように構えて、声高らかに言った。

「オッサン、い、いい加減にしなよ！」

わざと手元を震わせたりして、怯《おび》えたふりをしつつのアクション。形振《なりふ》り構わず真正面から突っ込んでいった委員長とは対極的な立ち振る舞いだ。傍目《はため》にも引け気味な腰は、すぐにでも踵《きびす》を返して逃げ出せるようにと備えている。

「松浦さん、どうしてここに……」

委員長の口からは尤《もっと》もな疑問が漏れた。

来栖川アリスからも驚愕《きょうがく》の眼差《まなざ》しが向けられる。

「な、なんだよ。見ず知らずの女まで、僕のこと邪魔するの？」

カメラ男の注目も松浦さんに移った。

皆々の視線が自らに集まったことを確認して、彼女は口上を続ける。

「来栖川さんは、私たちの大切な仲間なんだから！」

ここぞとばかり、心にもない綺麗事《きれいごと》を大きな声で叫んだ。

昨日までとは言っていることが違うじゃん、とは委員長の声にならない突っ込みだ。とてもではないが、そうして伝えられた発言が本心とは思えない。ついつい周囲にカメラやスタッフの存在を探してしまう。

「……あっそう」

すると彼女の発言を受けて、男が背負鞄《かばん》を漁《あさ》り始めた。

視線が彼女から外れていたのは、時間にしてほんの数秒。

取り出されたのはクロスボウだった。

折りたたみ式のそれが、カチャリと音を立てて広げられる。

特徴的なシルエットは誰の目にも明らか。事前に十分な練習を行っていたようで、組み立てからボルトの差し込みまで、手際には迷いが見られない。こうなると腕前にもそれなりのものが見込まれる。

「ちょっ……」

ナイフを手にしたのとは別の手で、早々にも照準が彼女に向けられた。

ちょっと待ってよ、そんなの聞いてないんだけど。

松浦《まつうら》さんの表情は一瞬にして凍りついた。

委員長どころか、来栖川《くるすがわ》アリスよりも先に命の危機である。

「来栖川さんは、私たちの何だったたっけ？　僕に教えてよ」

「…………」

賭けに負けた松浦さんだった。

グゥの音も出ない。

ナイフを構えた姿勢のまま、ピクリとも動けなくなった。

言わんこっちゃない、とはこれを眺めた委員長の寸感だ。

「教えてくれないの？　やっぱり所詮は口先だけなんだね？」

クロスボウのトリガーに伸びた指が引き絞られる。

照準は揺るぎなく彼女の額に向けられている。

松浦さん、絶命のお知らせ。

こんなことなら大人しく黙って見ていればよかったと、後悔が胸の内を満たしていく。

死んでしまったらアイドルもへったくれもない。流石《さすが》の彼女もクロスボウを相手に、ナイフでリアルキルは難易度が高い。そういうのはゲームであればこそ。

しかし、そこは何かと悪運の強い彼女である。

「うちのアイドルに手を出すのは止《や》めてもらえないか？」

ボルトが発射される直前、三人の下に声が届けられた。

男はクロスボウのトリガーに指を乗せたまま、大慌てで声の聞こえてきた方向に警戒を向ける。来栖川アリスや委員長、松浦さんも同様だ。取り分け後二者については、その声色にはっきりと覚えがあった。

そう、西野《にしの》マネージャーである。

「大切な商売道具に傷がついたらどうしてくれるんだ」

委員長と来栖川アリスが走っていたマラソンのルート。

その進行方向より先から声は聞こえてきた。

皆々の見つめる先、建造物の陰からフツメンが姿を現す。

昨日と同様にスーツを着用の上、サングラスをしている。いつぞやとは異なり、髪を整えている訳でもなし、化粧をしていることもなく、非常に似合っていない。どう贔屓目《ひいきめ》に見ても、中学生が格好《かっこ》つけているようにしか思えない絵面だ。

それがゆっくりと真っ直《ます》ぐに、委員長たちの下へ歩いてくる。

男はすぐさまクロスボウを構えたが、まるで臆した様子は見られない。

「と、止まれっ！」

「嫌だと言ったら？」

「っ……」

委員長の目も手伝い、ここぞとばかりに格好《かっこ》つけるフツメン。

当然のように両手はズボンのポッケにインだ。

しゃなりしゃなりと近づいてくる。

カメラ男からすれば、苛立《いらだ》たしいにも程がある光景だった。だからだろう、その指先に力が入ってしまったのも仕方がないこと。次の瞬間にはボルトが発射されて、切っ先がフツメンの普通な部分に迫る。

「に、西野《にしの》君っ！」

委員長の口から悲鳴が上がった。

ただ、彼女の心配とは裏腹に、ボルトはフツメンの頬《ほお》を掠《かす》り、そのまま後方に飛んでいく。まさか人前で表立って力を振るうことは憚《はばか》られた西野だ。普段であれば空中で静止させていたところ、数センチほど軌道をズラして凶弾を回避した。

本来であれば眼球へ直撃であったところ、僅かに肌を擦《こす》った限り。

標的を失ったボルトは、そのまま地面に落ちて乾いた音を響かせる。

「どうした？　ちゃんとここを狙うといい」

「っ……」

ここぞとばかり、西野は眉間を指先でトントンと叩《たた》いて語る。

相手の注意を自らに向けようと試みた彼女だが、効果は抜群だった。男は噴出した怒りか

ら、大慌てで次弾をクロスボウに込め始めた。ナイフを口に咥《くわ》えて、両手でクロスボウの弦を引き伸ばさんと忙《せわ》しなくし始める。

その姿を目の当たりにして、松浦《まつうら》さんは思った。

あれ、これってイケるんじゃね？　と。

割と最近、成人男性を相手に包丁でワンキルしている彼女だ。

先方との間合い、自らの手にしたナイフ、相手の注意。

諸々《もろもろ》を把握したところで、脳内会議はゴーサイン。

少なくとも昨日プレイしたゲームであれば、確実にキルを取りに行っている場面。むしろ、今取りに行かずして、いつ取りに行くべきかと本能が警笛を発する。ここで殺《や》らねば、次の瞬間には自分が殺されているかもしれない。

直近の一発こそ、フツメンに向けて放たれた。

しかし、次の一発が自身に向けられないとは限らない。

人質に取られる可能性は十分考えられる。

そう思うと、彼女の判断は一瞬だった。

「っ……」

包丁の松浦、リバイバル。

気付けば足は勝手に動き出していた。

数メートルという距離は、駆け出してしまえばすぐにゼロとなる。

もしも彼女が委員長と同様、西野《にしの》のプライベートに理解があれば、その存在を信じて待つという選択肢もあったかもしれない。しかし、彼女にとってのフツメンとは、自分とヤりたい癖に一歩を踏み出せない臆病な童貞、といった位置付けでしかない。

自らの身は自分の手で守らねばと、生存意識を高く持ってナイフを構える。

的確に心臓を狙った一撃が、カメラ男の生命を刈り取らんと迫る。

それは傍目《はため》にも、取ったと思わせるほどの迫力のある接近であった。

こうなると慌てざるを得ないのが、西野マネージャーだ。

過剰防衛も必至の強攻。

クラスメイトが前科一犯、待ったなし。

大慌てで力を振るったフツメンは、ナイフの切っ先を少しばかり修正。

ご丁寧にも横に寝かされていた松浦さんのナイフは、柄尻《つかじり》に手の平が当てられており、本来であれば肋骨《ろっこつ》を越えて、心臓への到達は免れない。実戦経験のある彼女は、衣類に包まれた筋肉の反発が、どれほどのものかを十分理解していた。

これが幾分か脇に逸《そ》れて臓器群への接触を回避。

致命傷には至ることなく、肉を浅く貫くばかりに終わる。

「っ……!?」

それでも本人が感じる痛みは相応のもの。

カメラ男は全身を引きつらせる。

声にならない悲鳴がその口から発せられた。

「あぁあああああああああ！」

直後には尻餅をつくと共に、傷口を押さえて背中を丸める。

凶器を突き刺した本人からすれば、手先に感じた若干の違和感。

ただ、感極まったメンタルも手伝い、そこまで気にすることはなかった。ならばと追撃をかけるべく、相手の首筋をめがけて、大きくナイフを振り上げた松浦《まつうら》さん。取る気も満々、顔には笑みすら浮かんでいる。

直後に危機を察知した男の足が、彼女の腹部を真正面から蹴り上げた。

「ふぐっ……」

お腹《なか》を蹴り飛ばされたことで、松浦さんは後方へ身体《からだ》を飛ばす羽目となる。

本来であれば肋骨《ろっこつ》にヒビが入っていても不思議ではない一撃。

ただし、それはマネージャーの力により大幅に軽減。

更には大きめに飛距離を取ることで、松浦さんを男から遠ざける。

彼女が倒れたことを確認した男は、西野《にしの》に対するクロスボウでの迎撃を断念。代わりに来栖川《くるすがわ》アリスの存在を探る。すると彼女は依然として、彼からそう離れていない場所で膝を震わせていた。

カメラ男は脇腹から血を流しながらも、勢いよく立ち上がる。

そして、ナイフを大きく振り上げて、彼女の下に駆け出した。

「っ……」

血まみれで迫ってくる姿には、並々ならぬ執念が感じられた。

来栖川アリスの顔が絶望に染まる。

すると、いつの間にやら距離を詰めていたのがフツメンだ。

駆け足で両者の間へ滑り込むと共に、ナイフを握った男の手首を掴《つか》み上《あ》げた。不思議パワーを利用して相手の身体を封じ込めた彼は、頭部をもう一方の手で掴んで、相手を路上に組み伏せる。

「あぁあああああああ！」

関節を固められたことで、カメラ男の口から悲鳴が上がった。

手からはポロリとナイフが落ちる。

事情を知らない者が見たら、アクション映画さながらの動きだ。

「う、うそぉ……」

恐怖に震えていたのも束《つか》の間《ま》、来栖川アリスから驚愕《きょうがく》の声が上がる。

これは松浦さんも例外ではない。

路上に尻餅をついたまま、西野《にしの》の活躍に驚いている。

日課となったブレイクダンスの練習で、少しずつ筋肉が付きつつあるフツメン。しかし、衣服の上からではそれも分からない。童顔気味な顔立ちも手伝い、パッと見た感じ、荒事とは縁遠い出《い》で立《た》ちをしている。

唯一の例外は委員長くらいだろうか。

カメラ男が彼によって拘束されたことで、ホッとため息を一つ。

「は、放せ！　せめてこの女だけでもっ……！」

「下手に動くと肩が外れるぞ？　大人しくしているといい」

これまた芝居じみた台詞《せりふ》が、フツメンの口から飛び出す。委員長の目があることも手伝い、存分に格好《かっこ》つけている。たしかに肩は外れるかもしれないが、それは本人が動いたことと何ら関係がない不思議パワーの恩恵だ。

おかげで来栖川《くるすがわ》アリスは過去の過ちに気付いた。

一連のやり取りを目撃したことで理解した。

この人、コレが素だったんだ、と。

「…………」

出会った当初、西野から馬鹿にされたとばかり考えていた彼女である。

まさか目の前の少年が、純度百パーセントの中二病とは思わない。

そうこうしているうちに、男や松浦《まつうら》さんの叫び声を耳にして、オーディションの運営スタッフや、旅館の従業員が駆けつけてきた。また、委員長たちに遅れてマラソンコースを走っていたアイドル候補生たちも、次々と現場に集まってくる。

太郎助《たろうすけ》から連絡を受けてだろう、ローズとガブリエラもやって来た。彼女たちとしては、鈴木《すずき》君の口を封じることは不可能だと考えて、現場の処理を優先した形である。どうせ西野にバレるなら、道理を通した方がいいと考えたようだ。

彼の面前で学友の危地を放置するような真似《まね》はできなかった。

それを行えば、ここ数週間で培った信頼も容易に失われることだろうと。

「え、どうしてローズさんとガブちゃんがっ……」

委員長としては疑問の残る二人の存在、思わず声が漏れていた。

これに対して西野は、カメラ男の対応を優先。

かっこいいポーズで男を組み伏せつつ、志水《しみず》にアピールを続行。

現場に散乱したナイフやクロスボウ、更にはフツメンによって締め上げられている血まみれのカメラ男を確認して、皆々はすぐさま状況を理解した。路上に飛び散った血痕も手伝い、なかなか刺激的な光景だ。

そこかしこで声が上がり始めて、現場は賑《にぎ》やかになる。

ここで満を持して、立ち上がった人物がいる。

松浦《まつうら》さんだ。

自らの安全が確実なものであると理解して、地面から腰を上げた。そして、カメラ男に向かい一歩を踏み出す。現場で一番危ない女の接近を受けて、先方の意識が彼女に向かう。

その眼差《まなざ》しを真正面からキッと睨《にら》み返しつつ、数歩ばかり近づいた。

松浦さんの挙動を受けて、居合わせた誰もが二人に注目。

関係者一同の視線が自分たちに集まったことを確認して、彼女は口を開く。

それはつい先程にも発せられた謳《うた》い文句。

自らの将来に向けて、ヨイショの一言。

「何度でも言うけど、来栖川《くるすがわ》さんは、私たちの大切な仲間なんだから！」

これっぽっちも心にない叫びが、界隈《かいわい》に大きく響き渡った。

〈オーディション　五〉

騒動があった日の午後、警察の対応を終えた西野《にしの》たちは旅館の一室にいた。

メンバーはフツメンの他に、委員長と松浦さん、ローズとガブリエラ、更には太郎助《たろうすけ》と来栖川アリスといった面々である。多数のディスプレイが並ぶモニタリングルーム、中央に設けられた座卓を囲って、皆で顔を向き合わせている。

そこでローズの口から語られたのは、オーディションの舞台裏。より厳密に言えば、西野が始めたアイドル業と、太郎助のお仕事事情。これに関連して後者に協力を決めた彼女とガブリエラの立場である。

ちなみに鈴木《すずき》君は、今も旅館の一室に簀《す》巻《ま》きのまま転がっている。

会話の途中でローズとガブリエラに太郎助から連絡が入った為《ため》だ。

「という訳で、今回の件は完全に貴方《あなた》の尻拭い。私とこの子が居合わせたのも、六本木《ろっぽんぎ》で本人から話を聞いて、協力することになったから。そこのところはどうか、勘違いをしないでもらいたいわね。後から割り込んできたのは、貴方たちの方なの」

「……アンタたちの話は理解した」

一頻《ひとしき》り説明を受けて、フツメンは厳かにも頷《うなず》いた。

お互いの位置関係的には、テーブルの一辺に西野が一人で座しており、その正面に太郎助と来栖川《くるすがわ》アリス。向かって右手に委員長と松浦《まつうら》さん。そして、左手にローズとガブリエラが座っている。

「こちらの都合で仕事の邪魔をしていたこと、申し訳なく思う」

「い、いや、それはいいんだ！」

素直に頭を下げた西野《にしの》に対して、太郎助《たろうすけ》が慌てた。

室内では花柄スーツを脱いで、変装も解いている。

イケメンはすぐさま、ローズの発言を補足するように言葉を続ける。

「アンタにはアンタの事情があったんだろう？　さっきの説明の通り、元はといえばうちの上がこっちに丸投げしたのが悪いんだ。俺からも改めて掛け合って対応するつもりだし、なんなら彼女たち二人で別の企画を立ち上げても……」

こうなると驚きっぱなしなのが来栖川アリスだ。

花柄スーツの男が太郎助であったことが驚きであれば、それが目の前の冴《さ》えない少年にペコペコと頭を下げているのも衝撃的であった。彼女にとって隣に座ったイケメンは、雲の上の存在であり、同時に上司の上司のそのまた上司のようなもの。

更にいえば、そんな人物の傍《かたわ》らに並んで、偉そうに話をしているロリータたちは何者かと疑問も膨らむ。来栖川アリスよりも小柄な体格は、下手をすれば小学生と見紛《みまが》わんばかり。アジア人にはあり得ない髪や肌の色にも興味は尽きない。

「いいや、これ以上はアンタに迷惑を掛ける訳にはいかない」

「迷惑じゃない、ぜ、ぜんぜん迷惑じゃないぞ？」

「そうは言っても、席は一つしか用意されていないのではありませんか？」

「今回の場合、上を説得する必要がないから、やり方は色々とあって……」

どうにか西野との間で、折衷案を目指さんとする太郎助。

その一方で、フツメンは早々にも意思を固めたようだ。

委員長と松浦さんに向き直り、すまなそうな顔で口を開く。

「委員長、松浦さん、すまないが今回の件は……」

「あのぉー、ア、アリスも話に交ぜてもらってもいいですかぁー？」

フツメンから謝罪の言葉が告げられようとした直前である。

ニュッと手を上げて来栖川アリスが言った。

皆々の視線が彼女に向けられる。

我先にと応じたのは太郎助だった。

「来栖川君、君のことはちゃんと考えているから、今は大人しく……」

「いきなりですが、この二人がいなかったらアリスは、きっとカメコの男に刺されて死んでいたと思うんです。だから、こんなことを言える立場にあるとは思いませんけれど、彼女たちにもチャンスを頂けませんか？」

イケメンの発言を遮って、彼女は言葉を続けた。

意を決したように、真剣な面持ちで彼を見つめている。これまでの間延びした物言いとは一変、丁寧な口調だった。なによ、ちゃんと受け答えできるじゃない、とは委員長と松《まつ》浦《うら》さんの素直な思いである。

同時に彼女たちとしては、想定外の提案でもあった。

なんたって養成所を訪れて以降、ずっと不仲であった間柄だ。

自《おの》ずと疑問も漏れようというものである。主に松浦さんから。

「この子、また何か変なこと考えているんじゃないの？　頭、大丈夫？」

「そ、そういう松浦さんこそ、心にもないこと叫んでましたー！」

「ああいうのは本人の心証より、周りの受け取り方が大切でしょ」

「っ……駆けつけてくれたことは、ちょっと嬉《うれ》しかったのにぃー」

危ういところを助けられたことで、少しだけ二人に対する当たりが弱くなった来《くる》栖《す》川《がわ》アリスだった。西《にし》野《の》の性格を理解したことで、自身が先んじて彼女たちに喧《けん》嘩《か》を売っていたと、今更ながら気付いたようである。

松浦さんと比べたら、よほどのこと真《ま》っ直《す》ぐな性根をしていた。

取り分け志《し》水《みず》に対しては、チラチラと申し訳なさそうな視線を送っている。

「いずれにせよ、オーディションは当初の予定どおり行うのよね？　あと、志水さんや松浦さんの今後について、貴方《あなた》が面倒を見るというのなら、この場であだこうだとやる必要はないと思うわ」

話題が脇に逸《そ》れそうになったところで、ローズから確認が入った。

委員長たちの進退など心底どうでもいい彼女だ。

さっさと西野君をこっちに返しなさいよ、と訴えんばかりである。

こうなると太郎助《たろうすけ》としては素直に応じざるを得ない。

「あぁ、そちらの言うとおりだ」

「あのぉー、それじゃあ二人のことは……」

「こちらで引き取らせてもらう。決して悪いようにはしない」

先方からジロリと軽く睨《にら》まれたことで、太郎助は素直に頷《うなず》いた。未《いま》だローズに対して、苦手意識を払拭できていないイケメンである。事情を知らない松浦さんや来栖川アリスにとっては、得体の知れない両者の力関係だろうか。

直後にはフツメンからも、重ねて謝罪の声が上がった。

「面倒を掛けてすまない。どうか二人のことを頼みたい」

「お、おう、任せてくれっ！」

これにて西野マネージャーのお勤めも終了である。

太郎助の了承が得られたことで、同所での話し合いはお開きとなった。

◇◆◇

その日の夜、旅館の大広間ではオーディション最後の審査が始まった。

水着審査でもお呼びが掛かった審査員を迎えてのダンス勝負である。

本来であれば日中、露天風呂に設けたステージで行われる予定であった。それが警察への対応でずれ込んだ結果、日が暮れて以降、屋内での開催と相成った。司会進行はそれまでと変わらず、花柄スーツを着込んで変装した太郎助《たろうすけ》が担当する。

そして、当初の予定通り、来栖川《くるすがわ》アリスがトップで審査は終えられた。

以降は大広間をそのまま利用して、オーディションの結果発表。

彼女のデビューが皆々に伝えられて、催しは幕が引かれた。

太郎助の指示を受けて、アイドル候補生たちは散り散りとなる。以降は帰宅のバスが出発するまでの数時間、自由時間とのこと。温泉に浸《つ》かるも良し、部屋でゆっくりと過ごすも良し、好きに過ごして構わないとの話だった。

撮影スタッフにとっては、エンディング映像の撮り時間。

そうして段々と人気《ひとけ》も減り始めた大広間でのことである。

他のアイドル候補生たちに倣い、露天風呂にでも浸かろうかと、揃《そろ》って立ち上がった委員長と松浦《まつうら》さん。その下を来栖川アリスが訪れた。彼女はパタパタと賑《にぎ》やかにも歩み寄って、声も大きく二人の名前を口にする。

「志水《しみず》さん、松浦さん、ちょっといーですかぁー？」

「うわぁ、また面倒臭いのが来たよ、委員長」

「松浦さん、いちいち私に話題を振るのいい加減に止《や》めない？」

「あれ？　二人ってもしかして、あんまり仲良くないんですかぁー？」

辟易《へきえき》とした表情の松浦さんに対して、困った顔の委員長。

ただ、そうしたやり取りも束《つか》の間《ま》のことである。

「あちらの審査員の方が、お二人と是非ともお話をしたいそーです」

「っ……！」

来栖川アリスから伝えられた話を受けて、松浦さんの表情は豹変《ひょうへん》した。

即座、彼女が示した人物に注目である。

するとそこでは、彼女たちに向けてひらひらと手をふる人物の姿があった。水着審査とダンス審査では共に、松浦さんと委員長に高得点を付けてくれた人物である。人の良さそうな四十代も中頃と思える中年男性だ。

一方で煮え切らない態度を取るのが委員長である。

申し訳なさそうな表情となり、来栖川アリスに伝えた。

「来栖川《くるすがわ》さん、私は遠慮させてもらってもいいかな？」

「えっ、いいんですか？　たぶん、デビューのお誘いですよぉ？」

「貴方《あなた》にこんなことを言うのは申し訳ないけれど、そこまで熱意があった訳じゃないの。正直、松浦《まつうら》さんに付き合って参加した感じ。だから、どうか上手《うま》いこと取り繕っておいてもらえないかな？　ごめんなさいって伝えて欲しいんだけど」

「わかりました。誤解がないよう丁寧にお伝えしておきまぁーす」

「ごめんなさいね、貴方にこんなことを頼んじゃって」

「だけど、個人的には志水《しみず》さんと一緒にお仕事してみたかったです」

今までの来栖川アリスであれば、だったら最初から参加しないでくださーい、などと返ってきそうなやり取りだ。しかし、そうして語る彼女はニコニコと笑みを浮かべて、機嫌よく委員長に語ってみせる。

これには志水も疑問を覚えた。

「っていうか、今までと態度が変わりすぎじゃない？　どうしたの？」

「お二人のマネージャーに悪意がなかったと、理解しましたので」

「あぁ……」

委員長自身、気付くのに数ヶ月を要したフツメンの生態である。

シニカルで突《つ》っ慳貪《けんどん》、常に上から目線な物言い。

その背後にこれっぽっちも悪意がないと気付くのは至難の業である。

「来栖川さん、私、先に審査員の人のところに行ってるね！」

意図してオッパイを激しく上下させながら、一目散に審査員の下に駆けていく松浦さん。こちらの旅館を訪れて以来、一番の笑みが浮かべられている。何が何でもこの機会をものにせんと心を滾《たぎ》らせていた。

その背中を来栖川アリスがパタパタと追いかける。

「あっ、ちょっと待ってくださいよぉー！」

「…………」

賑《にぎ》やかな二人の姿を見届けて、委員長は一人で大広間を後にした。

せっかく一人になれたのだから、ゆっくり温泉に浸《つ》かろうかと。

ところで、そうした松浦さんの挙動については、同じく大広間を訪れていた西野《にしの》の目にも入っていた。審査員の下に嬉々《きき》として駆けていくクラスメイト。その姿を確認したことで、彼の足は花柄スーツの彼に向かった。

先方のすぐ傍《かたわ》らに立って、視線を審査員に向けたままボソリと尋ねる。

「あの人物だが、任せてしまって大丈夫なのだろうか？」

「ああ、あの人なら大丈夫だ。こっちからも後で話を入れておく」

「……すまないな。この借りは必ず返す」

「な、なに、そう大したことじゃない。餅は餅屋ってやつだ」

受け答えする太郎助《たろうすけ》は、とても嬉《うれ》しそうだ。

西野《にしの》との接点が増したことが喜ばしいのだろう。この一点については、ローズとガブリエラにも感謝しなければ、などと殊勝なことを考えている。腹の中に抱えていた不安も、どうやら消化することができたようだ。

ややあって、二人の下に来栖川《くるすがわ》アリスがやってきた。

審査員の男性に、松浦《まつうら》さんを紹介し終えたようである。

彼女の意識が向かったのは、花柄スーツの彼ではなく、隣のフツメン。

「西野さーん、ちょっと私に付き合ってもらってもいーですかぁ？」

「お、おい、来栖川君っ……」

「別に構わないが」

「本当ですか？　ありがとーございまぁーす！」

途端に慌て始めた太郎助、対して西野は淡々と頷《うなず》いて応じる。

もの言いたげな眼差《まなざ》しの前者に、視線で構わないと伝えて、後者は来栖川アリスと受け答え。フツメンとしては先刻にも太郎助の面前、委員長や松浦さんをヨイショしてもらったことに恩義を感じていた。

「ここじゃアレなので、一緒に来てもらってもいーですか？」

「分かった、どこへでも付き合おう」

「うっわぁ、その言い方めっちゃダサいですねぇ」

「そうか？」

「そうですよぉー」

「お、おい、来栖川君っ！」

「悪いが、アンタのところのアイドルを少し借りる」

「……お、おう」

来栖川アリスに連れられて大広間を出ていく西野。

太郎助は不安げな面持ちで、二人の姿を廊下に見送った。

◇◆◇

松浦さんと大広間で別れた委員長は、露天風呂に向かおうと進路を取った。

残り時間はひとっ風呂浴びて、ゆっくり過ごそうと考えた次第である。

マッサージチェアと戯れるのも悪くはないわよね、とかなんとか。

すると廊下の角を曲がったところで、見知った相手に声を掛けられた。

「い、委員長っ！」

同じクラスのイケメン、鈴木《すずき》君だ。

傍《かたわ》らにはローズとガブリエラの姿も見られる。

彼の存在を思い出した二人によって、ようやく簀巻《すま》きを脱したイケメンだった。太郎助《たろうすけ》を通じて、旅館の従業員や現場スタッフには事情の説明が行われた。首から下げた関係者証により、館内を自由に歩き回ることもできる。

そうして長らく過ごした客間を脱した直後のことだった。

予期せず遭遇したクラスメイトの存在を受けて、委員長は驚きを隠し得ない。どうして彼がここにいるのかと疑問を覚える。自然とその視線は彼を過ぎて、共に行動していただろうローズやガブリエラに向かった。

「あの、どうして鈴木君が……」

「鈴木君と志水《しみず》さん、お似合いのカップルだと思うわよ？」

「……どういうこと？」

ここぞとばかりに鈴木君をプッシュするローズは、少しでも西野《にしの》の周りから女っ気を遠ざけようと必死だった。彼から委員長と話をしたいと相談を受けて、ならばと館内を探し回っていた最中《さなか》のことである。

三人は足早に委員長の下に近づいてきた。

鈴木君からはすぐさま、彼女を気遣うように言葉が漏れた。

「委員長、その、だ、大丈夫だったか？」

「どうして鈴木君がここにいるの？」

対する志水としては、相手の存在そのものが疑問である。

都内ならまだしも、こちらは熱海《あたみ》にある旅館だ。

しかも昨日から、館内は関係者以外立入禁止の貸し切りモード。

「っていうか、大丈夫ってどういうこと？」

「俺、その、委員長のことが心配で、どうしても心配で……」

「……………」

意味が分からない、ちょっと状況を説明してよ。

委員長からローズに疑問の眼差《まなざ》しが向かう。

これに彼女は嬉々《きき》として語り始めた。

「水着審査のときの写真がネットで出回っていたでしょう？　あれを見て心配して、わざわざ熱海まで来てくれたらしいわよ？　少しはその情熱に報いてあげても、バチは当たらないと思うのだけれど」

「……………」

説明を受けて、委員長は鈴木君の発言の意図を理解した。

それは本来なら、頷《うなず》きこそすれど、否定する理由のない代物。竹内《たけうち》君ほどではないにせよ、二年A組でも指折りのイケメンが、わざわざ自分の為《ため》に、決して近くない距離を遠路はるばるやってきてくれたのだ。

並の女子生徒であれば、胸の高鳴るシチュエーションである。

今回の出来事が理由で惚《ほ》れてしまっても不思議ではない。

しかし、何故《なぜ》なのか本日の志水《しみず》は、伝えられた言葉が響かなかった。

それどころかむしろ、ちょっと気持ち悪く感じてしまっていた。

その事実を理解して、どうしてだろうと自問自答を始めてしまうほど。

「ありがとう。でも、私は全然大丈夫だから気にしないで」

「ああ、俺もこっちに来てから、ローズちゃんたちに聞いたよ」

「そうなの？」

「勘違いして、迷惑まで掛けちゃって、本当にごめん」

「ううん、それは別にいいんだけど……」

委員長の手前、素直に謝り続ける鈴木《すずき》君。

しかし、一時は変質者扱いの上、有無を言わさず簀《す》巻《ま》きにされて、長時間にわたり転がされた屈辱は、そうそう癒えるものではない。自《おの》ずとその矛先は、諸悪の根源であるフツメンに向けられる運びとなった。

「ただ、それならそれで西野《にしの》のヤツが、ちゃんと説明していればよかったんだよ。アイツがしっかりしていれば、こんなことにはならなかっただろうし、俺だけじゃなくて、クラスの皆も不安に思うことはなかったんだから」

主語を自身からクラス全体に広げて、声も大きく語る。依然として教室に居場所のない西野だから、納得を得るのは容易なことだ。少なくとも現場が二年A組であったのなら、すぐさま賛同が上がっただろう。

実際問題、委員長も過去にはそうした会話に繰り返し頷《うなず》いてきた。

なんなら率先して、フツメンのことをやり玉に上げてきた経緯がある。

「委員長もそう思わない？　クラスの皆も委員長のこと心配してたよ？」

だが、今この瞬間に限っては、素直に頷くことができなかった。

勢い良くまくしたてる鈴木君に対して、志水はボソリと呟《つぶや》く。

「……西野君のこと、一方的に悪く言うのは止《や》めない？」

「えっ……？」

「以前はどうかしらないけど、今回は何も悪いことしてないじゃん」

委員長の訴えを耳にして、鈴木君は目が点になった。

彼女が西野を庇《かば》うとは思わなかったからだ。

ちなみに松浦《まつうら》さんの存在は、まったく考慮されていない。彼女の存在は完全になかったものとして会話が進む。傍《はた》から眺めているガブちゃんからすれば、どレもこレも綺麗事《きれいごと》ですね、みたいな感じである。

ただ、空気の読める彼女は突っ込むことを控えておいた。

代わりに黙っていられなかったのがローズである。

「志水《しみず》さん、貴方《あなた》が彼のことを庇《かば》うなんて珍しいわね？」

さっさとこの男とくっついて、どこへでも消えてしまいなさいよ。

そのように主張せんばかりの物言いである。

「べ、別に庇ってなんていないわよ？　ただ、事実を言っただけだし」

自分が何を口走ったのか理解して、途端に慌て始める委員長。

ちょっと顔が赤くなったりしてしまい、完全にツンデレ。

こうなるとローズとしては気がかりでならない。

まさかこの女、西野《にしの》君の魅力に気付いたんじゃないわよね、云々《うんぬん》。

そうこうしていると、ガブリエラの視界に見知った姿が映った。

今まさに話題に上がっている人物、西野五郷《ごきょう》その人である。

「お姉様、ちょっといいですか？」

「よくないわよ、私は今この子と話をしているのだから……」

「あちラに彼の姿が見ラレます。例のコスプレ娘も一緒のようです」

ガブちゃんの指摘を受けて、ローズの視線が委員長から他所《よそ》に移る。

直後にその目がクワッと見開かれた。

「っ……！」

何故《なぜ》ならばそうして目撃したフツメンは、あろうことか来栖川《くるすがわ》アリスによって腕を引かれていた。手と手を繋《つな》いでこそいないが、後者の手が前者のスーツの袖口をギュッと掴《つか》んでいる。前者を先導するように歩んでいる。

心做《こころな》しか表情が高揚しているように感じられる彼女だ。

「えっ、どうして西野君が来栖川さんと……」

これには委員長も反応を示した。

決して面識がない間柄ではないが、敢《あ》えて二人きりになるような関係ではないと、少なくとも彼女は考えていた。しかも館内には他にアイドル候補生の姿が多数見られる。年頃の男性とのツーショットは、彼女にとってリスクの高い行いだ。

「志水さん、悪いけれど失礼するわね」

「あ、待ってください、私も行きます」

委員長との会話に構わず、ローズは我先にと歩き出した。

すぐさまガブリエラが後に続く。

こうなると志水としても放ってはおけない。

「ちょ、ちょっと待ってよっ！」

「あ、委員長っ……」

ローズとガブリエラに続いて、委員長までもが西野《にしの》を追いかけていく。

その事実は鈴木《すずき》君にとって業腹以外の何物でもない。

しかし、この場で彼女を逃してはなるまいと、彼は三人と一緒にフツメンの背を追いかけることにした。ローズやガブリエラの反応も含めて、こちらを訪れてからというもの、苛立《いらだ》ちと疑念が湧いてばかりの鈴木君である。

◇◆◇

来栖川《くるすがわ》アリスに連れられた西野は、旅館のロビー脇にある広縁に誘われた。

旅館の奥まった位置に所在する物静かな空間だ。

利用客の大多数を占めるアイドル候補生たちは、最後まで撮影スタッフへのアピールに余念がない。他所《よそ》でカメラを追いかけ回しており、少し離れた界隈《かいわい》には、彼女たちの声が届くこともない。

そうした場所で二人は真正面から向き合っていた。

「わざわざこんな場所まで来て、どういった話なんだ？」

「あーもーその言い方、一向にブレないですよねぇ」

「悪いが性分なんでな」

「っ……うっわぁ、見てくださいよぉ、これ。鳥肌が立ってきましたぁ」

「…………」

歯に衣着《きぬ》せぬ物言いを受けて、フツメンは沈黙を選択した。

対して来栖川アリスからは、矢継ぎ早に言葉が投げ掛けられる。

「西野さん、タローさんとは仲がよろしぃーんですか？」

「そう大した仲じゃない。少し仕事で絡みがあっただけだ」

「結構長いお付き合いなんでしょーか？」

「まだ一年と経《た》っていない。涼しくなり始めた頃からの付き合いだ」

「お仕事、やっぱり芸能関係なんですかぁ？」

「……まあ、似たようなものだ」

手を伸ばせば容易に触れ合える距離感、来栖川アリスは上目遣いでフツメンのことを見つめている。前屈《かが》みになりシャツの襟口を相手に晒《さら》すよう位置取っている。少し視線を下げれば、残念な谷間がチラチラと覗《のぞ》く。

そちらへ意識が向かないよう、西野は努めて目線を高くしつつの受け答え。

「アリスなんかの言うこと、素直に応えてくれるなんて優しいですね」

「アンタには委員長と松浦《まつうら》さんが世話になったからな」

「へぇー」

何が楽しいのか、来栖川《くるすがわ》アリスの顔には笑みが絶えない。

一方で西野《にしの》としては、相手の意図を掴《つか》みかねていた。

そして、これは二人の様子を離れて窺《うかが》う面々も同様である。広縁に面したロビーでは、建物の柱や壁などに隠れて、西野と来栖川アリスのやり取りを盗み見る者たちの姿があった。ローズとガブリエラ、それに委員長と鈴木《すずき》君の四名である。

廊下を歩く二人を見留めて以降、後をつけていた面々だ。

「あの二人にはコレと言って、接点はなかったと思うのですが」

「静かにして頂戴。ただでさえ声が聞き取りにくいのだから」

「ちょ、ちょっと、盗み聞きなんて良くないわよ！」

「だったら貴方《あなた》一人で戻ればいいじゃないの。付き合う必要ないわよ？」

「お姉様の言う通りです。あと、貴方は声が大きいので静かにしてください」

「っ……そ、それは……」

小声で言い合いながら、西野たちの様子を遠巻きに窺っている。

鈴木君としてはこれまた腹立たしい光景だ。

結果的には勘違いであったとはいえ、委員長のピンチに遠路はるばる駆けつけた自身が、なんらポイントを稼げなかった一方で、フツメン如《ごと》きが大勢の異性から注目を受けている。

しかも誰一人の例外なく美少女ばかりときたものだ。

イケメン的には我慢がならない状況だった。

それでも委員長の存在が手伝い、大人しく状況を眺めて過ごす。

「聞きたいことはそれだけか？　委員長たちの様子が気になるのだが……」

「いぃーえ、本題はこれからですっ！」

「なら言うといい。世話になった礼の一つくらいはと考えていた」

「本当ですか？」

「ああ、本当だとも」

「だったら言いますね！」

気軽な物言いで来栖川アリスに続きを促すフツメン。

彼女はこれに居住まいを正して応じた。

続けられたのは、少しばかり畏《かしこ》まった物言いでの問い掛け。

「西野さん、アリスとお付き合いしてくれませんか？」

ここぞとばかり、愛らしい笑みを浮かべての告白だった。

コスプレイヤーとして培った技能を総動員してのお誘いである。どういった角度でどういった表情を見せれば、一番可愛《かわい》らしく相手に映るか。全てを計算した上でのポージング。

中学生という年頃も手伝い、それはとても可憐《かれん》に映った。

「西野さん、アリスとお付き合いしてくれませんか？」

しかし、フツメンは微塵《みじん》も靡《なび》かない。

「他に気になっている女がいる。悪いがこればかりは応えることができない」

「えっ……即答ですかぁ？　こんな可愛《かわい》い女の子から告白されたのにぃ」

「もう少し前に誘いを受けていたら、分からなかったかもしれないがな」

ここぞとばかりに、西野《にしの》は勿体《もったい》ぶった台詞《せりふ》を吐き散らかす。

委員長の存在に余裕と潤いを覚えている童貞野郎だ。

少し言い寄られた程度では決して折れない。

相変わらず彼の脳裏には、キープのキの字も浮かんでいない。

委員長へのラブだけが日増しに増えていく。

来栖川《くるすがわ》アリスの二の腕には、これまでにも増してブツブツと鳥肌が浮かんだ。けれど、それでも彼女は目の前の相手から視線を逸《そ》らすことはしなかった。ただジッと相手の目を見つめて、何を語ることもなく続く言葉を待つ。

だからだろう。致し方なし、西野は彼女に問うた。

「ところで、どうして自分なんだろうか？」

「業界の偉い人たちに太いコネがあって、刃物やクロスボウを手にした相手にも、躊躇《ちゅうちょ》なく立ち向かっていけるくらいメンタルが図太いとか、普通にヤバくないですか？　たしかに顔立ちはアレですけど、それくらい整形すれば治せますし」

「……そうか」

「ハゲてたらアウトだと思います。けど、幸い頭髪にはボリュームが見られます。西野さんはこぶ取り爺《じい》さんって知ってますか？　アリス、人の見た目ってアレと同じだと思うんです。悪いところは治す、ただそれだけのことじゃないかなぁと」

「………………」

一方的に与えられたのは西野に対する品評だ。

褒めているのか貶《けな》しているのか、フツメン的には判断に迷うところだ。マーキスやフランシスカが相手であれば、すぐにでも軽口を返していただろう。しかし、目の前の相手は出会って間もない年下の女性とあって、西野も判断にあぐねる。

「アリスから捨てるような真似《まね》は絶対にしないので、私で妥協して、一緒にテッペンを目指してもらえませんか？　ネットでは色々と叩《たた》かれてますけど、これでも尽くすタイプなんです。従順な年下の彼女とか、グッと来ませんか？」

「未《いま》だデビューさえしていないのに豪胆なことを言う」

「来栖川アリスは、上昇志向な人間なんです」

「なるほど、そういう強《したた》かなところは嫌いじゃない」

「もしかして、気になっている人に似てたりしますかぁ？」

「さて、どうだろうな」

アリスの告白を耳にして、覗《のぞ》き魔たちにも変化が見られた。

そのなかでも顕著な反応を見せたのはローズである。

「ちょっとあの娘《こ》、なに血迷ったことを言っているのかしら？　っていうか、西野《にしの》君も西野君で、他に好きな子がいるってどういうことなの？　そんなこと今まで口にしたことはなかったと思うのだけれど」

「お姉様、知ラなかったんですか？」

「ちょっと待ちなさい。むしろどうして貴方《あなた》は知っているの？」

「彼女と同じように本人から聞きました」

「なっ……」

ガブちゃんの発言を受けて、ローズの表情は目に見えて強張《こわば》った。

そして、これは委員長も例外ではなかった。

驚いた面持ちとなり、二人と西野との間で視線が行ったり来たり。松浦《まつうら》さんに振られて以来、特定の相手に執着を見せたことのなかった彼である。学習塾でも手当たり次第に声を掛けんと奮闘していた。

だからだろう、自《おの》ずとその口からはフツメンに対する雑感が漏れる。

「に、西野君、いつも周りに対する説明が適当っていうか、ちゃんとしてないっていうか、色々と勘違いさせるような言動が多いのよね？　そもそも今のだって、本当に気になる相手なんているのかしら」

彼女の発言を耳にしては、鈴木《すずき》君も突っ込みを抱かざるを得ない。

委員長、さっきと言ってること違くない？　と。

フツメンへの反発から、つい一方的に悪く言ってしまった志水《しみず》である。

ただし、本人はまるで気付いていない。

「ねぇ、お相手は誰なのかしら？　私にも教えて欲しいのだけれど」

「残念ながらそこまでは確認していません」

「……そう」

ガブリエラの発言を耳にしたことで、ローズの表情に陰りが落ちる。

その双眸《そうぼう》はギラギラと輝きを増して西野を捉えていた。

どこの誰だか知らないけれど、西野君のことは絶対に渡さないのだからと、胸の内で激情を滾《たぎ》らせる。ここ最近は協調路線を取っていた為《ため》、比較的距離も近かった二人。そうした只中《ただなか》で耳にした事実は、彼女にとって完全に虚を突かれた形だった。

こうなると大人しくはしていられない。

自ずと苛立《いらだ》ちも大きなものとなり、ローズは感情を波立たせる。

それは彼女の本質を知る者からすれば、なかなか恐ろしい姿だった。

「っ……」

委員長としては、まさか自身が渦中にいるとは思わない。

過去、旅行先で予期せず西野《にしの》と同衾《どうきん》する羽目になった際のこと、ローズに殺されかかった経緯を思い起こして、ブルリと身体《からだ》を震わせた。けれど、それでも依然として彼女の目は、フツメンの姿を追いかけてしまう。

清き聖夜も段々と近づいてきた木枯らし吹きすさぶ季節。

一足先に厳冬を越えて、いよいよ春が訪れようとしている西野の日々である。

◇◆◇

熱海《あたみ》の温泉旅館で行われていたアイドルのオーディションは無事に終了。最終日の夜、参加者たちは当初の予定どおり、会場となる旅館から撤収する流れとなった。往路と同様、復路もバスに乗り込んでの帰り道である。

これにはローズとガブリエラも同乗する運びとなった。

カメラ男の登場を受けて、フツメンにその存在がバレてしまった二人だ。だったらもう隠れる必要はあるまいと、西野たちと共に真正面から堂々と乗車。さも行きから同行していたが如《ごと》く車内に席を陣取る。

居合わせたアイドル候補生たちからは、当然ながら注目が集まった。しかし、自称マネージャーの男が勝手に乗り込んでいても、文句を言われないくらいだ。ひそひそ話の話題にこそ上がれども、面と向かって声が上がることはない。

そして、幸いにも席は十分な余裕があった。

両名はここぞとばかり、フツメンのすぐ隣を陣取った。

「こんなことなら、一つ後ろの席にしておけば良かったわ」

「私は通路越し、手を伸ばせば届く距離にあルので文句はないですね」

「次のサービスエリアで座席を交代しましょう。いいわね？」

「嫌です」

「だったら明日から、貴方《あなた》の食事だけ用意しないわよ」

「お姉様、いくラなんでもソレは幼稚ではありませんか？」

「暴力に物を言わせて席を取った貴方が、そういうことを言うの？」

車両の中央に延びた通路を挟んで、反対側に位置する横並びの二席だ。ローズとガブリエラの力関係上、西野に近い通路側に後者が座しており、これを退《ど》かせられなかった前者が窓際に座っている。

ミクロ的にはどうあれ、マクロ的にはこれ以上ないポジショニングだ。

けれど、それでも彼女たちの表情は優れない。

何故《なぜ》ならば意中の相手と最も近い場所には、他に女の姿があったから。

「アリスに窓際を譲ってくれるなんて、西野《にしの》さん優しいですね！」

「バスの座る場所程度で、優しいもへったくれもないだろう」

「いえいえ、自分は所詮ちゅーぼーなんで、こういうちょっとした優しさにコロッといっちゃうタイプなんです。ほら、昔から漫画なんかでよくあるじゃないですか。捨て猫に優しくしている不良にキュンとしてしまう女の子、みたいなの」

「だとすれば、もう少し現実を見た方がいいな」

窓際に来栖川《くるすがわ》アリス、通路側に西野が座っている。

先んじて後者が座っていたところ、前者が乱入してきた形だ。ローズとガブリエラにしてみれば、一歩出遅れた形となる。車両は四列シート、補助席も見当たらない為《ため》、割って入るスペースもない。

行きをボッチで過ごした西野にしてみれば、これはこれで悪くない状況。先週までの彼なら、存分に彼女との会話を楽しんだことだろう。しかし、昨今のフツメンは現状を素直に喜ぶことができない。

何故《なぜ》ならば一つ前の席には、彼が気にして止《や》まない人物が座っている。

そう、委員長である。

窓際に松浦《まつうら》さん、通路側に志水《しみず》といった塩梅《あんばい》だ。

彼女の手前、他所《よそ》の女とイチャイチャする訳にはいかない。とかなんとか、偉そうなことを考えているフツメンだ。

マネージャーを自称する西野がストーカーさながら、彼女の後ろの席に腰を落ち着けたところ、これを追いかけて来栖川アリスがやってきた、というのが現在の位置関係に至るまでの流れである。

当初はその事実に多少なりともドキドキしていた委員長だが、バスが走り出して以降は、西野君ってば私と話をしているときよりも楽しそうじゃないの、などと考えてしまっているから大変なことだ。

「私に窓際を譲ってくれるなんて、委員長ってば優しいね！」

「松浦さん、それ心の底からイラッとするから止めてくれない？」

「え？　それじゃあ場所替わる？」

「せ、席のこと言ってるんじゃないってば！」

一方でこの世の春を謳歌《おうか》しているのが松浦さんだ。

オーディションにこそ落選してしまったものの、業界の関係者とお知り合いになれたことで、過去になく上機嫌である。何かしら具体的な話を受けているのか、満面の笑みを浮かべつつ、嬉々《きき》として委員長をからかう。

結果的にボッチとなってしまったのが鈴木《すずき》君だ。

「…………」

座しているのは委員長の一つ前の席。

西野《にしの》がイケるなら俺でもイケるでしょ、と皆々に続いてバスに乗り込まんとしたところ、運転手から門前払いを喰《く》らった彼である。それでも同乗を許されたのは、現場に居合わせた太郎助《たろうすけ》のフォローによるものだ。

鈴木《すずき》君からすれば苛立《いらだ》たしいにも程がある。

西野のやつ、ちょっと有名人にコネがあるからって、好き放題やりやがって、と。

実際その通りであるから、好き放題やってしまったフツメン。

こうなるとまさか、黙って見ている訳にはいかないのがイケメン。

鈴木君は頃合いを見計らい、通路側から後ろを振り返り委員長に声を掛けた。

「委員長、ちょっといい？」

「な、なに？」

急に話しかけられたことで、志水《しみず》はビクリと肩を震わせた。

これに構わず、鈴木君は会話の主導権を握るべく、大きな声で語りかける。

「いきなりでアレだけど、委員長って修学旅行のグループどうする？」

「え？」

「現地での自由行動、あの三人とグループを作ってたっしょ？」

話題に上げられたのは、近日中に予定されている修学旅行。

当日の行動を共にするグループ分けの仔細《しさい》だった。

こちらについては、教室内でも以前から度々話題に上がっていた。男女混合、生徒たちの好きなように決める流れだ。当然ながら委員長は、仲良しグループの女子生徒三名と組んでおり、その事実は鈴木君も知っていた。

「以前までのグループ、たぶん今回は無理じゃない？」

けれど、その前提はここ最近の騒動で瓦解していた。

鈴木君の指摘通り、リサちゃんのカミングアウトを巡る騒動以降、委員長の仲良しグループを構成していた三人の女子生徒は、一度も学校に顔を見せていない。このままでは修学旅行への参加も難しく思われた。

「も、もしよければ、俺、今のグループから抜けてもいいんだけどさ」

「ありがとう、鈴木君。でも私、リサたちに交ぜてもらう予定だから……」

「あ、もう決まってた？　やっぱりそうだよな。変なこと聞いてごめん」

よしんば修学旅行で距離を縮めようと考えた鈴木君だった。

だが、委員長の立場を気遣ったリサちゃんにより、既にゲットされていた志水である。自分のせいで迷惑を掛けたという負い目もあって、騒動の直後には迎え入れる側から声が掛けられていた。

すると二人のやり取りは、車内に居合わせた他の面々にも波及した。

「修学旅行のグループ分けについては、私も不服を覚えています。どうしてクラスを跨《また》いでは駄目なのでしょうか？　せっかくの旅行、同じ場所に行くのですから、生徒の自主性を重んじるべきだと思いませんか？」

「そんなこと私に聞かれても困るのだけれど」

「お姉様、私は思いつきました。学校行事とは別に旅行を企画してはどうでしょう」

「興奮しているところ悪いけれど、それ、もうやったわよ」

「えっ、そうなのですか？」

「ちなみに貴方《あなた》も、参加していたと言えば参加していたのよねぇ……」

「どういうことですか？　言っていることの意味がさっぱり分からないのですが」

ピスピスと鼻息を荒くするガブちゃんに対して、淡々と応じるローズ。

鈴木《すずき》君との会話に行き詰まった委員長は、隣に座った松浦《まつうら》さんに話しかける。

「っていうか、私より松浦さんは大丈夫なの？」

「大丈夫、グループ行動の間は宿泊先のホテルで休んどくから」

「それは大丈夫とは言わない気がするんだけど……」

「だったら委員長が一緒のグループになってくれる？」

「それだけは勘弁してくれない？　リサにも迷惑かけたくないし」

「うわ、めっちゃ酷《ひど》いこと言われたんだけど……」

近く迫った学校行事を巡り、ああだこうだと騒がしくし始めた面々。

同じバスに乗り合わせたアイドル候補生たちも、誰もが同じくらいの年頃とあって、自分たちの身の上を喋《しゃべ》り始める。キャッキャと明るい雰囲気に満たされたバス内は、それこそ修学旅行さながらであった。

ところで、そうした賑《にぎ》わいに何を語るでもなく、耳を傾けている男がいた。

「修学旅行、いいですねぇー！　西野《にしの》さん、どこに行くんですかぁ？」

「…………」

来栖川《くるすがわ》アリスから問われるも、彼の表情は芳《かんば》しくない。

修学旅行を目前に控えた昨今。

それでもフツメンは未《いま》だ、自由行動のグループに所属できていなかった。

このままでは担任と行動を共にせざるを得ない、二年A組のカースト最下層である。

〈あとがき〉

まずは何よりも、本作をお手に取って下さった皆様に、お礼を申し上げたく存じます。おかげさまでこうして、『西野《にしの》』十一巻を世に送り出すことができました。今はその事実をとても嬉《うれ》しく感じております。本当にありがとうございます。一度でも世に商品として出したからには、やはり最後まで綺麗《きれい》にお話として成立させたいという思いがございまして、その目標に向けて一歩近づけたことは、自身にとって非常に喜ばしいことであります。

ところで、思い起こせば本作のあとがきを書くのは、かれこれ八巻ぶりとなります。ことライトノベルに関しては、あとがきは所定のページ数を埋める為《ため》という側面がありまして、九巻と十巻では限界ギリギリまで本編のテキストを詰め込んでおりましたところ、あとがきを入れる余裕がありませんでした。

今後も本作に限らず、あとがきの抜けている巻がありましたら、あぁ、ページが足りなかったんだな、と思って頂けたら幸いです。決して手を抜いている訳ではありませんでして、何卒《なにとぞ》、ご容赦を頂けたら幸いです。

さて、そうした本巻におけるあとがきですが、率先して語るべきことがあるとすれば、それはイラストに他ありません。『またのんき▼』先生におかれましては、今回も大変素晴らしいイラストの数々を誠にありがとうございます。

まず最初に挙げさせて頂くと、表紙のローズとガブリエラが、ひと目拝見したその瞬間から最高でございます。雅《みやび》なデザインのアイドル衣装を筆頭にして、とても彼女たちらしい表情、そして、お臍《へそ》から下半身に至る辺りの濃いめの陰り、大好きでございます。また、今回は追加のキャラクター、来栖川《くるすがわ》アリスのデザインも行って頂きました。初見であってもメスガキ属性の持ち主だと判断できる、ラブリー且つ挑発的な表情がもう堪《たま》りません。どうか読者の皆様にも楽しんで頂けたら幸いです。

こちらの流れで謝辞とさせて頂きましては、担当編集O様、S様におかれましては、他に多数ビッグタイトルを抱えながらも、本作に貴重なお時間を割いて下さいますこと、深くお礼申し上げます。おふた方とのやり取りはどれも大変貴重な学びにございます。

また、校正や営業、デザイナー、翻訳の皆様、本作を店頭に並べて下さる全国の書店様、電子書籍の販売店様、記事を書いて下さるメディア様、ご応援を下さる関係各所の皆様には、大変なご愛顧を賜っておりますこと心よりお礼申し上げます。

カクヨム発、ＭＦ文庫Ｊの『西野』を何卒よろしくお願い致します。


（ぶんころり）

異能世界最強の少年は、
修学旅行のグループに入れるのか？

西野

NISHINO – the boy at the bottom of the school caste and also at the top of the underground

12

～学内カースト最下位にして異能世界最強の少年～

2021年冬発売予定

旅行バトル

修学
×異能

とりいちばん

西野
～学内カースト最下位にして異能世界最強の少年～　11

2021年　6月　25日　初版発行
2021年　8月　15日　再版発行

著者　ぶんころり

発行者　青柳昌行

発行　株式会社 KADOKAWA
〒102-8177 東京都千代田区富士見 2-13-3
0570-002-301（ナビダイヤル）

印刷　株式会社 KADOKAWA

製本　株式会社 KADOKAWA

Printed in Japan　ISBN 978-4-04-680395-5 C0193

◆◇◇

この作品は、法律・法令に反する行為を容認・推奨するものではありません。

【 ファンレター、作品のご感想をお待ちしています 】
〒102-0071 東京都千代田区富士見2-13-12
株式会社KADOKAWA　MF文庫J編集部気付「ぶんころり先生」係「またのんき▼先生」係